琼瑶

作品大合集

月朦胧鸟朦胧

琼瑶 著

作家出版社

琼瑶，本名陈喆，作家、编剧、作词人、影视制作人。原籍湖南衡阳，1938年生于四川成都，1949年随父母由大陆赴台生活。16岁时以笔名心如发表小说《云影》，25岁时出版首部长篇小说《窗外》。多年来笔耕不辍，代表作包括《烟雨蒙蒙》《几度夕阳红》《彩云飞》《海鸥飞处》《心有千千结》《一帘幽梦》《在水一方》《我是一片云》《庭院深深》等。

多部作品先后改编成为电影及电视剧，琼瑶也因此步入影视产业。《六个梦》系列、《梅花三弄》系列、《还珠格格》系列等，影响至深，成为几代读者与观众共同的记忆。

琼瑶以流畅优美的文笔，编织了众多曲折动人的故事。其作品以对于梦的憧憬和爱的执着，与大众流行文化紧密结合，风靡半个多世纪，成为华文世界中极重要的文学经典。

我为爱而生，我为爱而写
文字里度过多少春夏秋冬
文字里留下多少青春浪漫
人世间虽然没有天长地久
故事里火花燃烧爱也依旧

琼瑶

第一章

刘灵珊第一次见到韦楚楚是十月的一个下午。

如果不遇到韦楚楚，灵珊的生活绝不会有任何波浪，也绝不会有任何奇迹。她的生活会和过去二十二年的一样：平凡、快活、满足、自在……地度过去。即使恋爱结婚生儿育女，也都是顺理成章的。但是，她却在那个十月的下午，认识了韦楚楚。对灵珊而言，那个下午没有什么特别。午饭是在家里吃的，吃完午饭，她就和往常一般，去"爱儿"幼稚园教下午班，带着那群孩子唱歌、跳舞、做游戏、讲故事……直到五点钟下了课，她回到家——那坐落在忠孝东路的"安居大厦"。自从台北市的"大厦"纷纷林立开始，灵珊父母的朋友们就都陆续迁入了各大厦，未几，灵珊的父亲刘思谦不能免俗，他们全家搬到"安居大厦"来那年，灵珊刚满十八岁。如今，在这栋大厦里已经住了四年了。灵珊有个奇怪的发现，以前邻居与邻居之间很容易交朋友，很容易熟悉起来。在大厦中，每户可能只有几步之遥，大家却能相居数年而如同陌路。例如，她们刘家在四楼 D 户，四楼一共有五家，灵珊就从来没有弄清楚其他四家住着些什么人。偶尔，她听女佣翠莲提起，E 座的人搬走了，A 座又换了主人……她呢？这些跟她都没关系，她反正不认识这些人。

这天下午，她和往常一样走进大厦，手里捧着一沓幼儿习字簿。看看电梯，灯亮在十楼上，不耐烦等电梯下来，她习惯性地直接往楼梯上冲。上了二楼，再上三楼，她就听到了一阵刺耳的喧哗和叫嚷之声。发生了什么事？在这大厦中，虽然住着五六十家人家，却一向都很安静。

她刚往四楼上走，迎面，一个小女孩直冲了下来，差点和她撞了个满怀，接着，有个气急败坏的少女尖着嗓子呼叫着："楚楚！你站住！楚楚！你不要跑！"

灵珊正在惊愕中，那少女旋风般地卷了过来，一伸手，就捉住了那个正在奔跑中的小女孩。女孩挣扎着，尖声大叫，死命要挣脱那少女的手，那少女却攥住她不放，两人拦着楼梯，在那儿又扭又打又叫又挣扎。灵珊的去路被她们两个挡住了，她只得倚着楼梯扶手，呆望着她们。

"你放开我！你这个坏女人，死女人！死阿香！你放开我，我不要你管我！"那小女孩尖锐地嚷着。

"楚楚，你回家呀！如果你跑丢了，先生会骂我的呀！走！你把人家的路挡住了。快跟我回去，好小姐，我煮面给你吃！"

"我不吃！我不吃！"那女孩撒赖般往地上躺去，继续尖叫："我不要你管我！你拉住我干什么？你滚蛋！你滚！你滚……"灵珊惊异地望着那孩子。当了两年幼稚园教师，整天和孩子们相处，灵珊见过各种调皮捣蛋的孩子，但是，却第一次见到一个小女孩会如此蛮横粗野。她打量着面前这一大一小，看出那叫阿香的少女只有十八九岁，看样子是女孩家里的女佣。而那孩子呢？顶多只有五六岁，有张小小的瓜子脸，瘦瘦的小尖下巴，两道浓黑挺秀的眉毛和一对乌溜滚圆的大眼睛，这孩子长得相当漂亮！但是，她满脸都是野性的倔强，披散了一头乱七八糟的短发，身上是件质料很好的羊毛衫裙，也早已弄得又皱又乱，腰上的带子散了，领上的扣子开了，裙摆上还有一大块污渍。

"楚楚，你听话，你乖，跟我回去……"阿香开始在哀求了，"你看，你挡住这个阿姨的路了！"她弯下身子，想把那小女孩抱起来，谁知道，那小女孩忽然抬起脚来，对着阿香就一脚踢了过去，阿香正弯着腰，这一脚就直踢到阿香的脸上，阿香惊呼一声，慌忙站直身子，用手捂着鼻子，哼着说："好，好，你家的事我也不做了！你踢人，你这个……这个……这个小妖怪，小混蛋……"

"你骂我？你敢骂我！"那小女孩直冲上去，提起脚来，又要踢过去。灵珊忍无可忍，生平最恨仗势欺人的事，没料到一个小女孩，竟懂得欺侮家里的女佣。她本能地一伸手，就把那小女孩拉开了，一面嚷着说："你这小孩子，怎么可以踢人呢？你爸爸妈妈难道不管你？"

小女孩吃惊地站住了，回过头来，她瞪视着灵珊，似乎不相信这个陌生阿姨会来喝骂自己。她只对灵珊扫了一眼，就高高地仰起下巴，恼怒地叫："我高兴踢！我爱踢！你管我？你管我……我也踢你！"

眼看她又举起脚来了，灵珊把手里的习字簿往阿香的手里一塞，就伸手过去，一把抓住了小女孩的手腕，用力往楼上拖，一面拖，一面说："走，找你妈去！你住哪一家？"

"四楼Ａ座！"阿香说，"小姐，你还是不要管她吧！家里只有我，什么人都没有！她爸爸去上班了！"

"她妈呢？"灵珊问。

"我妈死啦！"小女孩尖叫着说。

哦，原来如此！一个没母亲的孩子，怪不得如此缺乏教养！灵珊心里的同情油然而生，对那小女孩的反感也减轻了不少。她低头看了看她，仍然把她往楼上拉去。

"听阿香的话，回家去！"她说，语气虽然缓和了，却有着当惯老师的那种威严。"我不回去！"小女孩提高了嗓子，尖声怪叫，声音如此尖锐，灵珊猜想，整栋楼都要被她震动了，"你这个坏女人，你放开我！我不要你管！你是女妖精，你是狐狸精，你是绿油精……"灵珊又惊又怒，这是些什么怪话？怎么五六岁大的孩子会吐出这么多乱七八糟的话来？她冒火了，被这个小女孩触怒了。她用力把她拖上了楼，怒吼着说："如果没有人管教你，我就来管你！女孩子嘴里这么不干不净，长大了还得了？"

"我不要你管！不要！不要！不要……"女孩子大嚷着，却无法挣脱灵珊的控制，于是，忽然间，她低下头，对着灵珊的手指一口咬去，灵珊大惊失色，慌忙松手，那孩子趁此机会，转身就向楼下奔去。灵珊大怒之下，再也顾不得和这孩子素不相识，就本能地冲过去，拦腰从背后把她一把抱住，用手臂死死地箍住了她。那孩子一面双脚乱踢，两手狂舞，一面杀鸡般狂叫起来。灵珊置之不理，对阿香说："你去开门，我把她弄进来！"

阿香走到Ａ座大门口，打开了房门，灵珊把那孩子半拖半抱半拉地弄进客厅，那孩子挣扎无效，就陡然间用指甲狠狠地掐进灵珊的手臂里去，灵珊负痛，忍不住叫了一声，就把那孩子放进沙发里，再看自己的手臂，竟然被抓掉了好大一块皮，血沁了出来，阿香惊呼着说："哎呀，小姐，你的手破了，我去拿红药水。"

"不要！"灵珊简单地说，"我就住在Ｄ座，我回去上药！"她回头瞪着沙发上那横眉竖目的孩子："她该剪手指甲了！"她看看阿香，又问："她叫什么名字？"

"她姓韦，叫楚楚。"阿香说，"清清楚楚的楚楚。"

"清清楚楚？"灵珊没好气地挑起了眉毛，"正经取名字叫粗粗鲁鲁还差不多！"她往门口走去，说："你最好把她锁在房里！""小姐！"阿香及时叫了一声，"你的本子！"

灵珊这才想起，阿香手里还捧着自己的那沓习字簿，她正要接过来，谁知道，楚楚却像箭一般从沙发里直射而来，一头撞在阿香身上，同时间，她伸手用力一拨，就把阿香手里的习字簿全弄到地毯上，散得满房间都是。阿香又气又急，涨红了脸叫："楚楚！你发疯了！"灵珊站定了，她望着这个韦楚楚。同时，楚楚也仰着她那尖尖的小下巴，挑战地望着灵珊。她们两个对视着，似乎都在衡量着对方，都在备战的状况中。而那可怜的阿香，就满屋子捡拾那些习字簿。灵珊看了楚楚好一会儿，抬起头来，她对整个房间打量了一下，咖啡色的沙发，米色的地毯，考究的家具，证明主人的经济环境不坏。靠餐厅的墙边，一排酒柜，里面的各种名酒，更证明主人的洋化。她轻叹了一声。有钱人家的独生女，多半被宠得无法无天，但是，像韦楚楚这样骄狂放肆，以后岂不毁了？她环视室内，找不到可以应用的东西，低下头来，她瞪着楚楚："你听话一点儿，再这么胡闹，我会揍你！"

"你敢！"楚楚大声说。

"你以为我不敢吗？"灵珊恼怒地说，猛然抓住楚楚的肩膀，在楚楚还来不及反抗之前，就用力把她推到沙发上去，把她的身子倒扣在沙发上，她死命按住她，在她的屁股上狠狠打了几巴掌。楚楚乱叫乱嚷，拼命挣扎，灵珊刚一放手，她就对着灵珊的脸一把抓去，灵珊闪开了，那几片尖锐的小指甲，就从她脖子上划过去，一阵刺痛之下，灵珊知道脖子一定被抓破了皮。这一怒非同小可，她拉起楚楚的手，掰开手指一看，五根指甲又长又黑。她气冲冲地说："阿香，给我找根绳子来！"

"不要！不要！不要……"楚楚发现情况不妙，尖声怪叫着。阿香犹豫着没有动，灵珊知道阿香不敢真找绳子。她再看看韦楚楚，心一横，就从自己脖子上取下一条纱巾，把楚楚的一双手扯到身前，楚楚杀鸡杀狗般大叫大嚷，灵珊任由她乱喊，用纱巾硬把楚楚的一双手绑了起来。楚楚又蹦又跳又叫，灵珊也不知道哪儿来的这么大力气，居然把她的一双小手绑牢了。于是，楚楚就绑着双手，满屋子乱跳，像个猴子一样。灵珊一看，这样也不行，就严厉地对阿香喊了一句："阿香！绳子！"阿香吓了一跳，看看灵珊的脸色，竟不敢抗拒，走进厨房，真的找了一根晒衣绳来。楚楚害怕了，满屋子狂跑狂叫："不要绑我！不要绑我！不要绑我！"

"你还敢咬人、踢人、抓人吗？"灵珊厉声问，又怒喝了一句，"站住！不许跑！"楚楚站住了，犹豫地望着灵珊。惧意和怯意明显地流转在她的眼睛里，她怕了，她终于怕了，她知道面前这个人不会向她妥协。她低下头去，一言不发。

"坐到沙发上去！"她命令着。

那孩子趔趄着，慢吞吞地挨到了沙发上。

"阿香，给我一把梳子、一条湿毛巾和一把指甲刀，我要把这孩子弄弄干净。""是，小姐。"阿香遵命而行。

十分钟后，灵珊已经把韦楚楚的头发梳好了，脸洗干净了，指甲也剪短了。那孩子从怪叫怪嚷已变成了没嘴的葫芦。紧闭着嘴巴，她用一脸的倔强和沉默来对付灵珊。不敢再咬再踢了，但是，她那对眼睛里却充满了敌意和反叛。

灵珊站起身来，她抱起自己的本子，往房外走去。走到门口，她想想不对，又回过头来，望着阿香问："这孩子几岁了？""我不知道。""你不知道？"她惊愕地说，"你怎么会不知道？"

"我来她家做事，只有几天。"

“哦，”灵珊点点头，“告诉她爸爸，她应该到学校里去！”她转身离开。沉默了很久的韦楚楚望着灵珊的背影，细声细气地接了一句：“我爸爸会杀掉你！”灵珊听见了，站住了。回过头去，她看着那孩子，一对清澈明亮的眼睛，一张厚嘟嘟的小嘴，好漂亮的一个孩子！那眼睛倔强地、倨傲地迎视着她，像个小小的斗士！她摇摇头，对那孩子微微一笑。“很好，”她说，“让你爸爸来杀我吧！”

甩了一下头，她走出了那屋子，带上了房门。

从走廊里走过去，只隔了两户，就是她家的大门，她掏出钥匙来开门，丝毫没有料到，这个小小的女孩竟改变了她一生的命运。

第二章

　　晚上，灵珊坐在书桌前面，一面批改着孩子们的习字簿，一面倾听着客厅里传来的笑语声。姐姐灵珍和她的男友张立嵩似乎谈得兴高采烈，灵珍那悦耳的笑声像一串小银铃在彼此撞击，清脆地流泻在这初秋的夜色里。灵珊用手托着下巴，望着台灯，忽然默默地出起神来。她想着灵珍，这个比她大两岁的姐姐。自幼，她们姐妹一起长大，亲热得什么似的，睡一间房间，穿彼此的衣服，她从没想过，有一天要和灵珍分开。可是，张立嵩闯进来了，姐姐也变了，只有和张立嵩在一起，她才笑得特别甜，特别高兴，有时，她觉得自己简直在吃张立嵩的醋，她也曾和母亲说过："妈！你养了二十四年的女儿，根本是为张立嵩养的嘛！她现在眼睛里只有张立嵩了。"

　　"养女儿本来就是为别人养的！"刘太太非但不生气，反而笑嘻嘻地说，"有一天，你眼睛里也只会有另一个男人！不只你，连灵武长大了，也会有女朋友的！人，就是这样的：小时候是父母的，青年时是丈夫或妻子的，年纪再大些，就是儿女的了。"

"妈，你舍得灵珍出嫁吗？"

"有什么舍不得呢？女婿是半子，灵珍嫁了，我不会失去女儿，只会多半个儿子！"刘太太笑得更满足了。

"哦！"灵珊眩惑地望着母亲，"妈，你知道吗？你实在是个洒脱而解人的好母亲，只是……"她顿了顿。

"只是什么？"

"只是有一点不好！"她蹙起眉头，做愁眉苦脸状。

"哪一点不好？你说得对，我就改！"刘太太大方地说，坦白而诚恳。

"你使我无法对朋友们讲，我家的父母多专制、多霸道、多不近人情、多古怪、多自私、多顽固……于是，我就失去许多知己！"

刘太太笑了，用手搂住灵珊的头："我小时候，你外公外婆把我像管犯人一样带大，我爱上你父亲，你外公百般刁难，从他的家世、人品、学历、相貌……一一批评，评得一文不值。我嫁了，结婚那天就发誓，我的儿女绝不受我所受过的苦。"

"幸好外公外婆把你像管犯人一样带大！"灵珊说。

"怎么？"

"否则，你怎么会成为一个解人的好母亲呢！"

刘太太笑着捏了捏她的面颊。

"看样子，我还该感谢我的父母，对不对？"

"当然哪！我也要感谢他们！"

母女相对，就都笑了起来。

现在，客厅里传来的笑语声中，还夹杂着母亲和父亲的笑谑，显然，父母和张立嵩之间相处甚欢。另外，灵武一定又在他自己房里弄那套音响，因为，那全美十大排行榜的歌曲在一支支地轮换，却没有一支放完了的。灵珊倾听了片刻，推开了桌上的习字簿，她不耐寂寞，站起身来，往客厅走去。刚好，灵武也从他的房间里钻了出来，一看到灵珊，他就一把拉住了她："二姐，我需要支援！"

"怎么了？又要买唱片？"

"答对了！"

"我没钱！"

"不要太小气！"十五岁的灵武扬了扬眉毛，"全家只有我一个是伸手阶级！你们不支持，我怎么办？"

"我指点你一条路，"灵珊说，"坐在客厅里那位张公子，凡是转你姐姐念头的人，你也可以转他的念头……"

"喂！灵珊！你出来！"灵珍扬着声音喊，"就不教他学好，你以为你一辈子不会交男朋友吗？"

灵珊走进了客厅，冲着灵珍咧嘴一笑。

"总之，我现在还没有可被敲诈的朋友！"

"没有吗？也快了吧！"灵珍说，"那个扫帚星呢？"

"什么扫帚星？人家叫邵卓生！"

"哦！是邵卓生吗？"灵珍做了个鬼脸，转头对灵武说，

"灵武，我也指点你一条路，明天你去幼稚园门口等着，有个去接你二姐的扫帚星，你尽可以拦路抢劫！"

"别胡闹！"灵珊喊，"人家还没熟到那个程度！"

"没熟到那个程度就更妙了！"灵珍说，"越是不熟，越是敲诈的对象，等到熟了，反而敲诈不到了。"

"喂喂！"做父亲的刘思谦嚷了起来，"你们姐妹两个都是学教育的，这算是什么教育？"

"机会教育！"灵珊冲口而出。

满屋子的人都笑了，灵武趁着一片笑声中，溜到了张立嵩身边，笑嘻嘻地叫了一声："张哥哥！"

"傻瓜！"灵珊笑着骂，"这声张哥哥顶多只值一百元，如果叫声大姐夫呵，那就值钱了！"

"灵珊！"灵珍吼了一声，红了脸。

"咦！奇怪了，"灵珊说，"明明想嫁他，听到大姐夫三个字还会脸红……"她望着张立嵩说："张公子，你说实话，你希不希望灵武叫你一声大姐夫呢？"

"求之不得！"张立嵩老实不客气地回答。

"哎呀！你……"灵珍的脸更红了。

满屋子的笑声更重了。就在这一屋子的喜悦嬉笑中，门铃忽然响了起来，女佣翠莲赶去开门，回进来报告说："二小姐，有人找你！大概是找你，她说要找一位长头发的小姐！"

灵珍是短发，灵珊却有一头齐腰的长发。

"机会来了，灵武，"灵珍说，"准是那个扫帚星！"

"不是哩！"跟随刘家多年的翠莲也知道姐妹间的戏谑，

"是隔壁的阿香！"

灵珊下意识地摸了摸脖子，下午被抓伤的地方仍然在隐隐作痛。她走到了大门口，这种公寓房子从客厅到大门之间还有一个小小的玄关。她打开大门，就一眼看到阿香呆呆地站在门外，有些局促，有些不安。

"小姐，"阿香恭敬地说，"我家先生要我来这儿，请你过去坐一坐。""哦！"灵珊怔了怔，望着自己那贴了橡皮膏的手臂，心里已经有了数。准是阿香把下午那一幕精彩表演告诉了楚楚的父亲，那个父亲要向她致谢和道歉了。但是，这种人也古怪，要道歉就该亲自登门，哪里有这样让女佣来"请"过去的道理？想必，这位韦先生"官高职大"，一向"召见"人"召"惯了。灵珊犹豫了一下，有心想要推辞，阿香已用略带焦灼和请求的眼光望着她，急急地说了句："小姐，去一下就好！"

"好吧！"灵珊洒脱地说，回头对屋里喊了一句，"妈！我出去一下就回来！"她跟着阿香走了出去，顺手关上房门，房门合拢的那一刹那间，她又听到室内爆发出一阵哄然大笑。显然，张立嵩和灵珍又在闹笑话了，她不自禁地，唇边就浮起了一个微笑，心里仍然被家中那份欢愉填得满满的。

到了四Ａ的门口，阿香推门进去，灵珊跟着她走进客厅，室内好沉寂，好安静，一点儿声音都没有。那厚厚的地毯，踩上去也寂然无声。而且，室内的光线很暗，顶灯没有开，只在屋角上，亮着一盏立地的台灯，孤零零地放射着冷幽幽的光线。一时间，灵珊有些无法适应，陡然从自己家里那种明亮热闹与欢愉中来到这份幽暗与寂静里，使她像是置身在另一个世界。她的神思有片刻的恍惚，然后，她听到阿香在说："先生，刘小姐来了。"

她一怔，定睛细看，才发现有个身材高大的男人，正面对落地长窗站着，背对着室内。灵珊站在那儿，只能看到他的背影，宽宽的肩，浓黑的头发，挺直的背脊，长长的腿，穿着一件白衬衫，一条蓝灰色的长裤，那背影是相当"帅"的。

那男人并没有立刻回过头来，他一只手支在窗棂上，另一只手握着一个高脚的酒杯，似乎正对着窗外那些闪烁的霓虹灯沉思。灵珊有些尴尬，有些不满，还有更多的困惑，她不自禁地轻咳了一声。于是，那男人忽然回转过身子来，面对着她。灵珊有一阵惊讶和迷惑，这男人好年轻！宽额，浓眉，一对锐利的眼睛，带着股阴郁的神情，凝视着她。眼睛下的鼻子是挺直的，嘴唇很薄，嘴角边有两道弧线，微微向下倾斜，使这张漂亮的脸孔显出一份冷漠与倨傲。灵珊的睫毛闪了闪，眉头微蹙，她几乎不敢相信，这年轻人会有一个像楚楚那样大的女儿，他看来还不满三十岁！

"刘小姐，"那男人打破了沉寂，走到酒柜边去，"喝酒吗？"

"不。"她慌忙说，"我很中国化。"

他扫了她一眼，扬着声音喊："阿香！泡杯茶来！"

"不用了！"她立即说，"我马上要回去。"

他凝视了她一会儿，眼底，有两小簇阴郁的光芒在闪动。他把手里的杯子放在桌上，在烟盒里取出一支烟，燃着了烟。

他深深地吸了一口，又重重地吐出了烟雾。抬起眼睛，他正视着灵珊："我姓韦，叫鹏飞。"他说。

她点了点头："我姓刘，叫灵珊。"

"我知道。"他淡淡地接了句。

"你知道？"她惊讶的。

"这并不难知道，是不是？大厦管理室有每个住户的名单和资料！"韦鹏飞说，语气仍然是淡淡的、冷冷的，脸上也仍然是倨傲的，毫无表情的。

"哦！"灵珊下意识地应了一声，心想，明天第一件事就到管理室去查查这个冷漠的韦鹏飞是个何许人物！

阿香还是捧了杯热茶出来了，放在桌上，就转身退开了。韦鹏飞对灵珊挥了挥手："坐一坐，不会让你损失什么。"

灵珊被动地坐了下来，心里朦胧地感到一份不安和压迫感。家里那种欢愉和喜悦都已消失无踪，在这屋子里，包围着她的，是一种难言的冷涩和沉寂。她四面看了看，觉得韦鹏飞那锐利的眼光始终停在自己的脸庞上，她竟有些心慌意乱起来。"我没有看到你的小姐。"她说。

"楚楚吗？她已经睡了。"

"哦。"室内又静了下来，韦鹏飞啜了一口酒，喷了一口烟，室内充溢着浓烈的酒香和烟味。灵珊不喜欢这份沉寂，更不喜欢这种气氛，她正想说什么，那韦鹏飞已开了口："听说，你今天下午管教了我的女儿。"

她抬眼看他。"不完全是'管教'，"她坦白地说，"我们对打了一番，我几乎打输了！"

他紧紧地盯着她，眼神严肃而凌厉："刘小姐，听说你是师专毕业的，现在正在教幼稚园的小朋友，你对教育一定很懂了？"

她迎视着他的目光，有些发愣。"我是学了教育，并不见得真懂教育，最起码，我不太懂你的小姐，她蛮横而粗野！"

"谢谢你的评语！"韦鹏飞说，声音更冷更涩了，"以后，希望刘小姐只管自己的学生，不要管到我家里来，行吗？我的女儿有我来管教，我爱打爱骂是我的事，我不希望别人插手！更不允许别人来打她骂她！甚至把她绑起来！"

灵珊悚然而惊，到这时才明白过来，原来这个韦鹏飞找她来，并不是要跟她道谢，而是来问罪的！她愕然地瞪着面前这个男人，然后，一阵压抑不住的怒火就直冲到她的胸腔里，迅速在她血液中扩散。她仰起了下巴，深深地注视着韦鹏飞，一直注视到他的眼睛深处去。半晌，才冷冷地点了点头，清晰地，一个字一个字地说："我懂了！真是有其父必有其女！我现在才知道为什么你女儿那么蛮横无理，原来是遗传！"她从沙发里站了起来，眼光依旧停在他的脸上，"不要以为我高兴管闲事，假若我早知道她有你这样一个父亲，我绝不会管她！让她去欺侮用人，让她满口粗话，让她像个野兽般对人又抓又咬又踢又蹋……反正有你给她撑腰！我和你打赌，不出十年，你要到感化院去找她！"说完，她掉转身子，大踏步就往门外走。

"站住！"在她身后，韦鹏飞的声音低沉地响着。她停了停，几乎不相信自己的耳朵，"站住？"他以为他是什么？

可以命令她？支配她？想必，他用惯了命令语气，当惯了暴君？她一甩头，就继续往门外走。"我说站住！"他再低吼了一句。

她依然走她的。于是，忽然间，他直蹿了过来，伸手支在墙上，挡住了她的去路。他的眼睛垂了下来，凝视着她，眼里的倨傲和冷涩竟变成了一种难言的苦恼。他低声地、祈求似的说："别走！""为什么？"她挑高了眉毛，"我下午在这儿被你的女儿又抓又咬，现在，还该来挨你的骂吗？我告诉你，你可能是个达官显要，但是，我并不是你的部下！即使我是你的部下，我也不会忍受你的傲慢和粗鲁！让开！"

他继续拦在那儿，眼里的神情又古怪又愁苦。

"我傲慢而粗鲁吗？"他喃喃地问。

"和你的女儿一模一样！"

"她——有多坏？"他微蹙着眉峰，迟疑地问。

"你会不知道吗？"她拉开衣领，给他看脖子上的伤痕，"这是她抓的！"她再扯掉手臂上的橡皮膏，"这是她掐的！她是个小魔鬼，小妖怪！她仗势欺人，无法无天！"她喘了口气，顿了顿，看着韦鹏飞："韦先生，我知道你很有钱，但是，阿香并不是雇来受气的，她也是人，是不是？她和我们一样平等，是不是？我家也有用人，翠莲和我像姐妹一样。我父母待她都是客客气气的！"

韦鹏飞凝视着她："你在教训我吗？"他低哼着问。

"我不教训任何人，我走了！"她从他身边绕开，往门口走去。"如果我把楚楚送到'爱儿'幼稚园去，你收她吗？"他靠在墙上，闷声问。"我又不是校长！你送去总有人会收的！"

"我是问——你，肯教她吗？"

"如果分在我班上，我当然要教！"

"假若——"他碍口地、困难地说，"我请你当家庭教师呢？"

她停在房门口，慢慢地回过头来。

"你不是说，要我别管你的女儿吗？"她冷冰冰地问。

"我改变了主意。"他说。

她沉思片刻，静静地开了口："你家有阿香一个出气筒已经够了，我不缺钱用，也不侍候阔小姐！"

他的眼睛开始冒着阴郁的火焰，愤怒扭曲了他的脸，他哑声地、恼怒地说："天下并不止你一个女教师！我不过是觉得你家住得近而已！"

"多出一点车马费，自然有住得远的女教师会来！"她说，扭开了大门，径自走出了房间。

"砰"然一声，她听到那房门在她身后重重地合拢，那沉重的碰撞之声，几乎震动了墙壁。她回头望望那扇雕花的大门，摇了摇头，自言自语了一句："今天真是倒霉的一天！"

回到自己家门口，她伸手按铃，听着门内的笑语喧哗，她安慰地轻叹一声，仿佛从寒冷的北极地带逃出来，她迫不及待地想回到属于自己的春天里去。

第
三
章

　　一连好几天，她没有四Ａ的消息。虽然同住在一层楼上，韦家却安静得出奇。她甚至没有见到韦楚楚和阿香，也没再听到那孩子撒泼耍赖的叫声。在幼稚园里上课的时候，有好几天，她都觉得自己若有所待，她以为，那父亲一定会把楚楚送来，因为"爱儿"幼稚园是安居大厦附近最大的幼稚园，可是，韦楚楚并没有来。然后，在她那忙碌的、年轻的、充满青春梦想的生涯里，她慢慢忘记了蛮横的韦楚楚和她那蛮横的父亲。有好几个黄昏和晚上，她都和邵卓生在一起。邵卓生和她的认识毫无神秘可言，他是她同学的哥哥，在她念师专时，就已对她倾慕不已。她和一般少女一样，对爱情有过高的憧憬，幻想中的爱人像水雾里的影子，是超现实的，是朦胧的，是空中楼阁式的。邵卓生没有任何地方符合她的幻想。他学的是政治，却既无辩才，又无大略，只得在一家公司当人事室的职员。灵珊常常怀疑他这人事室的工作是怎么做的，她不觉得他能处理好人事，最起码，他就处理不好他和自己的关系。他总使她烦腻，使她昏昏欲睡。私下里，灵珍她们叫他"扫帚星"，她却给他取了个外号叫"少根筋"，她总觉得，他就是少了一根筋。虽然，他也漂亮，他也有耐性，好脾气，灵珊怎么拒绝他，他都不生气，不气馁。可是，就少了那么一根筋，那属于罗曼蒂克的，风趣的，幽默的，热情的，吸引女孩子的一根筋。虽然，这邵卓生是"少根筋"，但灵珊在没有其他男友的情况下，也和他若即若离地交往了两三年了。灵珊并不欺骗邵卓生，她从不给他希望。奇怪的是，邵卓生也从不在乎有没有希望，他们就在胶着的状态中，偶尔看一场电影，吃一顿晚饭，如此而已。这天晚上，她和邵卓生看了一场晚场电影，回到安居大厦，已经是晚上十一点半钟了。邵卓生和往常一般，送她到大厦门口就走了，他一向都很怕面对灵珊的家人，尤其是那口齿伶俐的灵珍和很会敲诈的灵武。

灵珊一个人走进大厦，习惯性地，她不坐电梯而走楼梯。这已是秋天了，白天下过一阵雨，晚上的气温就降低了好多。她穿了件短外套，仍然颇有凉意。拾级而上，她心里无忧无虑无烦恼，却也无欢无喜无兴奋。生活太单调了，她模糊地想着，单调得像一池死水，连一点波浪都没有。她跨了一级，再跨一级……忽然间，她站住了。

在楼梯的一角，有个小小的人影，正蜷缩在台阶上，双手抱着扶手下的铁栏杆。她一怔，仔细看去，才发现那竟然是多日无消息的韦楚楚！那孩子孤独地、瑟缩地、瘦小地坐在那儿，弓着小小的膝头，下巴放在膝上，一对大眼睛，一瞬也不瞬地睁着，头发依然零乱地披散在脸上，面颊上有着纵横的泪痕和污渍，这孩子哭过了。有什么事会让这小野蛮人流泪呢？更有什么事会让她深宵不归，坐在这楼梯上呢？灵珊不由自主地蹲下了身子。

"喂！楚楚！"她叫了一声，伸手去抚摸她的肩膀，才发现这孩子只穿着一件单薄的、白色尼龙纱的小睡袍，"你怎么一个人在这儿？"

楚楚抬起头来看着她，嘴唇瘪了瘪，想哭。

"我在等我爸爸！"她细声细气地说，往日那种蛮横粗野完全没有了，现在的她只是个孤独无助的小女孩，毕竟，她只是个小小的孩子！

"你爸爸？"灵珊愣了愣，"你爸爸到哪里去了？"

"去上班。"

"上班？"她看看表，将近十一点半了，"你的意思是，爸爸早上去上班，到现在还没回来？"

"嗯。"

"为什么跑到楼梯上来？不在家里等？"她不解地问，"家里没有人，我怕。"她的嘴角向下垮，眼中有泪光，睫毛闪了闪，她又倔强地把眼泪忍住了。

"家里没有人？阿香呢？"

"走啦！"

"走了？"她更困惑了，"她走到哪里去了？"

"不知道。"楚楚撇了撇嘴。

"为什么会走？"她斜睨着楚楚，心里有些明白。

"不知道。她说不干了，就走啦！她把东西都拿走了！她骂我，她是坏人！"

灵珊更加明白了。点点头，她凝视着楚楚："你对她做了些什么？"

"没有。"

"不可能没有！"灵珊严厉地说，"你又踢她了，是不是？"

她猛烈地摇头。

"抓她了？咬她了？打她了？掐她了？"

她拼命摇头，把头发摇得满脸都是。

"好，你不说，我也不管你！你就坐在这楼梯上等吧！"灵珊站起身来，往楼上走去，"当心老鼠来咬你！老鼠专咬撒谎的坏孩子！"

楚楚从楼梯上直跳了起来，倔强从她的脸上隐去，恐惧和求助明显代替。

"我……"她嗫嗫嚅嚅地说，"我用打火机烧了她的衣服，她就走啦！"

"什么？"灵珊吓了一跳，"你烧了阿香的衣服？"

"我不知道会烧痛她。"

"什么？"她越听越惊奇，"你烧她身上的衣服吗？"

"我烧她的长裤，把她屁股上烧了一个洞。她哭哩，哭完了就骂，骂完了就走哩！"

灵珊定定地望着韦楚楚，简直不敢相信自己听到的。楚楚小小的身子怯怯地倚着楼梯站着。她凝视着这个小女孩，谁说儿童都是天使？谁说孩子都天真无邪？谁说人之初，性本善？她真想一甩头，置之不顾，这样顽劣的孩子，管她做什么？可是，楚楚忽然连打了两个喷嚏，接着，她就用小手悄悄地抓住了灵珊的衣摆，轻轻地拉了拉，低低地，柔声地叫了一句："阿姨！"灵珊的心脏怦然一跳，这声"阿姨"那么甜蜜，那么温柔，像一根细线从她心上抽过去，唤醒了她所有女性温柔的本能。她长叹一声，弯下腰，她抱起那孩子，叹息地说："你应该上床睡觉去！"

她抱着楚楚，走到四A门口，大门虚掩着，如果有小偷把这家搬空了，也不会有人知道。她推门进去，那一屋子冷寂的空气又对她包围了过来，她不自觉地打了个寒噤。把楚楚放在沙发上，她望着那空无一人的房间，心里竟有些发毛。真的，这空空落落的房子确实令人有恐惧感。一时间，她不知道该怎么办好，而楚楚却怯怯地说了一句："阿姨，你不要走，你陪我！"

"你爸爸什么时候会回来？"

"不知道，他常常不回来睡觉。"

这不行！她皱了皱眉，忽然决定了，从皮包里取出了圆珠笔，她在茶几上找到一本书，撕下书上的空白扉页，匆匆地写了几行字：

> 韦先生：你的女儿在我家，阿香大概不堪"虐待"，已不告而别。请来我家接楚楚。
>
> ——灵珊

她把纸条放在茶几上，用烟灰缸压着，就反身握住楚楚的手，说："走！先到我家去！"楚楚顺从地站了起来，显然，她也知道自己闯了大祸，对于留在空屋子里更是害怕，她不再像第一次见面时那样撒野耍赖，反而乖巧听话。跟着灵珊回到家里。

用钥匙开了门，客厅里空空的，似乎全家都睡了。灵珊不敢吵醒父母，刘思谦每天早上六点钟就起身，八点要上班，刘太太也跟着要起床。她用手指压在嘴唇上，对楚楚低声警告："嘘！不要出声音！"楚楚懂事地望着她，点了点头，她牵着楚楚，一直走到自己和灵珍合住的房间里。

灵珍还没睡，躺在床上，她正捧着一本《安娜·卡列尼娜》看得津津有味。一眼看到灵珊牵着个小女孩进来，她诧异得书本都掉到地上了。

"这是干吗？"灵珍问。

"我在楼梯上'捡'到了她。"灵珊说，"没法子，我们得收留她一夜！""你从小就喜欢收留无家可归的小动物，猫哩，狗哩，小鸟哩……都往家里抱，可是，这次，你收留的东西实在奇怪。"灵珍说。一面笑嘻嘻地伸手去摸楚楚的头发，楚楚立即一副备战态度，脖子一梗，就把头转了过去。

"你最好别碰她，"灵珊警告地说，"她会咬人。"

"什么？"灵珍瞪大了眼睛，"咬人？"

"她是一只刺猬，浑身都有刺。"

"你把这刺猬带回家来干吗？"

灵珊扬了扬眉毛，做了一个无可奈何的表情，就把楚楚带往浴室，给她洗干净了手脸，楚楚又连打了两个喷嚏，再连打了两个哈欠，她显然是又冷又累又倦又怕，现在，一来到这个安全而温暖的所在，就再也支持不住了。灵珊看她不住用手揉眼，哈欠连连，就也不多问她什么。从浴室出来，灵珊给她梳了梳头发，整理好睡袍，梳洗干净了的韦楚楚倒真像她的名字：是楚楚可怜的。灵珍好奇地看着这一切，问："你让她睡在哪儿？""和我睡一张床。"灵珊让那孩子上了床，用棉被好好地盖住她。楚楚的头一接触到那软绵绵的枕头，睡意立即爬上了她的眼皮，她蒙蒙眬眬地望着灵珊，忽然对灵珊甜甜地一笑，就闭上眼睛几乎是立即酣然入梦了。灵珊呆呆地注视着这张白皙而美丽的小脸，被她那一笑震慑住了。这是她第一次看到楚楚笑，从不知道这孩子的笑容竟如此具有魔力。

"喂，灵珊，我看你对这孩子中了邪了！"灵珍说，"你到底在搞什么鬼？这是哪家的孩子？"

"四 A 的。"灵珊喃喃地说。

"四 A？这是人名还是绰号？"灵珍更迷糊了。

灵珊回过神来，走到梳妆台前面，她一面梳头卸妆，一面把和韦楚楚相识的全部经过告诉了灵珍，灵珍听完，看了床上那熟睡的孩子一眼，她说："我有预感，你在惹麻烦。"

"不是我惹麻烦，是麻烦惹我。"灵珊说，走到浴室去放洗澡水，"假若是你，也会惹这麻烦的！"

"我不会！"灵珍说，"这种顽童，就该把她关在空屋子里一夜，让她受点教训，她以后才会重视陪伴她的人，才不会欺侮女佣！"灵珊怔了怔，想想，这话倒也有理，只是，这样来对付一个孩子，未免太残忍了一些。洗完澡，换上睡衣，她走到自己的床边，看着楚楚，她不禁有些失笑，怎样也没料到，她要和这孩子同睡，床不大，今晚别想睡得舒服了。怕惊醒孩子，她小心地躺上了床，紧挨着床边睡下，伸手关了灯。有好长一段时间，她没有睡着，只因为身边多了个孩子，她又不敢翻身，又不敢碰到她。好不容易，她终于蒙眬入睡了，大概刚刚才进入迷糊状况，她就被一阵门铃声惊醒，从床上跳了起来，她以为自己在做梦，可是，门铃又响了，同时，灵珍含糊地问："是门铃吗？"灵珊开亮了灯，看看手表，凌晨两点！这是什么冒失鬼？灵珍也醒了，打个哈欠，她说："告诉你在惹麻烦吧！"

一句话提醒了灵珊，是韦鹏飞来接孩子了，在凌晨两点钟！她慌忙跳下床，怕惊醒了父母，她披上一件晨褛，直奔到客厅里去。但，刘太太已经醒了，从卧室伸出头来，她惊愕地问："什么事？谁来了？""妈，你去睡觉！没事！"

灵珊冲到大门边，打开大门，果然，韦鹏飞正挺立在门外，一阵酒气扑鼻而来，他的脸色在灯光下显得苍白，眼睛里布满了红丝，他几乎是半醉的！但是，他的神情严肃而口齿清楚："刘小姐，我女儿又做了什么坏事？"

"她放火烧走了阿香。"

"放火？"韦鹏飞眉头紧锁。

"是用打火机去烧阿香，把阿香烧跑了。"灵珊简短地说，"你等着，我把她抱过来，她已经睡着了。"

　　她折回到卧室去，刘太太已披衣出房，大惑不解地看着女儿，愕然地说："你在忙些什么？""没什么。邻居来接他的孩子。我当了三小时的 baby sitter！"跑进卧室，她从床上抱起熟睡的楚楚，那孩子模糊地呓语了一两句，居然没有醒，头侧在灵珊的肩上，照样沉睡着。刘太太眼看女儿抱出一个孩子，惊讶得张大了嘴，话都不会说了。灵珊把楚楚抱到门口，交给韦鹏飞说："抱回去吧！"

　　韦鹏飞接过了孩子，并不抱她，他重重地把孩子往地上一顿，楚楚在这突然的震动中惊醒了过来，茫然地睁大了眼睛赤着脚，摇摇晃晃地站在冰冷的大理石地面上。韦鹏飞不等她站稳，扬起手来，就狠狠地给了她一耳光，苍白着脸说："跟我回去！让我好好地抽你一顿！"

　　楚楚被这突来的耳光打得踉跄着差点摔倒，韦鹏飞一伸手就拎住了她背上的衣服，像老鹰抓小鸡般把她抓住，倒拖着往自己的房门口去。灵珊大惊失色，她慌忙追了出来，嚷着说："你怎么可以这样打她？你没看到她正睡得好香好沉吗？你……"

　　"刘小姐，"韦鹏飞铁青着脸，回头对灵珊说，"是你告诉我的，如果我再不管她，十年后，我会到感化院里去找她！与其十年后去感化院找她，不如今天先把她打死！"

　　楚楚在这一耳光之后，又被这么一拖一拉，她是真的醒了，恐惧、疼痛、惊吓……同时对她当头罩下，她"哇"的一声就哭了起来，韦鹏飞怒吼一句："闭嘴！你放火烧人，还敢哭，我今天非打死你不可！"

　　同时，他打开了房门，把楚楚直摔了进去。灵珊看他的神气不对，横眉竖目，声音都气得发抖。心里就怦然乱跳，顾不得避嫌，她直追出去，紧张地喊："韦先生！你听我说！你不可以这样乱来！韦先生，她只是个小孩子……"

　　忽然间，她身子被抓住了，她回头一看，刘太太正一把抓住她，蹙着眉头说："你疯了？灵珊？穿着睡衣往别人家跑？"

　　她犹豫了一下，楚楚的一声尖叫使她心惊胆战，她仓促地对母亲说："妈，我的睡衣很保守，没关系，我要去救那个孩子！她爸爸要打死她！"挣脱了母亲，她奔到四Ａ的门口，房门已经关上了，她听到门里一声尖锐的大叫，紧跟着是皮鞭抽下去的声音，她心惊肉跳而额汗淋漓，发疯般地按着门铃，在门外大叫大嚷着："开门！韦先生！开门！你听我说！你不能这样打她！你会打伤她！开门！韦先生！"

　　门里，皮鞭的声音一鞭一鞭地传来，夹带着楚楚的尖叫和号哭。她用力敲击着门铃，死命地按着门铃。终于，门开了，韦鹏飞气喘吁吁地站在门口，手里提着一根皮带，眼睛发直，声音沙哑："你要干什么？"她直冲进去，冲向倒卧在地毯上的韦楚楚。

第四章

灵珊奔到了楚楚身边。

韦楚楚倒在地毯上，身子蜷缩得像一只小小的虾米，两只腿都弯在胸前，瘦瘦的胳膊死命地抱着膝盖。脸上泪水纵横，眼睛恐惧而惊惶地大睁着，头发沾着泪水，湿漉漉地贴在面颊上。灵珊在她身边跪了下去，小心地掀开她的睡袍，那孩子立即浑身掠过一阵痉挛，她喉咙里不住地干噎，却惊吓得不敢、也无法哭出声来。灵珊望着她那裸露的大腿，禁不住抽了一口冷气，在那稚嫩、白皙的皮肤上，一条条鞭痕清晰地凸了起来，又红又肿又带着血痕。灵珊回头望着韦鹏飞，怒火在她整个胸膛里燃烧："你残酷得像只野兽，韦先生。她是你亲生的女儿，你怎么下得了手？"

韦鹏飞关上了大门，身子靠在门上，他眼睛疲倦而神情萧索，脸色苍白得像蜡，他的眼光不由自主地对楚楚投了过来，低声地，自言自语地说了句："养不教，父之过。"

　　说完，他的眼眶陡然湿了，闭了闭眼睛他颓然地转开了头，不再去看楚楚。灵珊心中一紧，有股怆恻的情绪立即抓住了她，她竟不忍再去责备那个父亲。低下头，她再细心地检查楚楚。于是，她发现她手臂上、腿上、身上，甚至脸上……到处都伤痕累累，到处都破了皮，还夹带着瘀伤和撞伤，那父亲下手竟毫不留情！灵珊把楚楚的头扳转过来，让她面对着自己，楚楚不住地颤抖，不住地痉挛，不住地抽噎……就是哭不出声音来。她显然是吓坏了，吓得失魂了，她这种惊惧的神态比她身体上的创伤更让灵珊担心，她低喊了一声："楚楚！"

　　那孩子怔怔地望着她，大眼睛一瞬也不瞬。

　　灵珊想站起身来，找一点药膏来给她搽，谁知，她的身子才一动，那孩子就忽然伸出小手，牢牢地扯住了她的衣裙啜泣着叫："阿姨，不要走！""哦！"还能说话，证明没被吓晕。灵珊吐出一口气来，慌忙把楚楚一把抱住，从地上抱了起来，她轻拍着孩子的背脊，安慰地说："放心，我不走！我陪你！"回过头去，她瞪视着韦鹏飞，问，"她的卧室是哪一间？"

　　韦鹏飞走过去，打开了走廊的第二扇门，里面是一间布置得很周到的育儿室，粉红色的小床，粉红色的地毯，粉红色的窗帘，粉红色的玩具架，架上堆满了洋娃娃、小狗熊和各种毛茸茸的小动物。灵珊环顾四周，不禁发出一声轻叹，那父亲不能说没为这孩子尽过心呵！

　　把楚楚放在床上，她回头对韦鹏飞说："家里有药膏吗？"

　　"应该有。"

“在哪儿？”

“浴室里吧！”韦鹏飞要去找。

“算了，我去找吧！”灵珊走进浴室，打开柜子，她立即发现各种医药用具都有，药棉、酒精、红药水、三马软膏、消炎片、双氧水……她拿了药棉和双氧水，再取了一管消炎药膏。走到楚楚房里，她就一眼看到韦鹏飞坐在楚楚的床沿上，无言地抚摩着那孩子的面颊，而楚楚却用力地挣脱了他的手，倔强地把脸对着墙壁。韦鹏飞的脸色更白了，怒火又燃烧在他的眼睛里，灵珊很快地走了过去：“你出去吧！让我来照顾她！”

韦鹏飞深深地看了灵珊一眼，就默默地站起身来，走出去了。走到客厅里，他本能地从酒柜里取出一瓶酒，倒了一杯，握着酒杯，走往那落地长窗，习惯性地站在窗前，凝视着窗外那忽明忽灭的灯光和街道上那偶尔驰过的街车。啜了一口酒，他倚着窗棂，把自己那疼痛欲裂的额头，抵在那冰冷的玻璃上。他不知道自己这样站了多久，耳边，隐隐约约听到，从楚楚房里传来灵珊那呢哝低语声，软软的、柔柔的、细致的、温存的。他下意识地倾听着，那女性的软语呢喃唤醒了他灵魂深处的某种痛楚，他蹙紧眉头，感到心脏在被一点一点地撕裂……一仰头，他喝干了杯里的酒。

再注满了杯子，他重新倚窗而立。抬起头来，无意间，他看到天空中悬着一弯下弦月，如钩，如弓，如虹。那月光清清的，冷冷的，幽幽的，高踞在那黑暗的穹苍里，似乎在静静地凝视着整个大地。他的心神有一阵恍惚，然后，他听到灵珊在轻柔地说："……所以，你要别人爱你，先要去爱别人！不可以恨你爸爸，他打你，比打他自己还疼。将来……你长大了，你就会懂得的！"韦鹏飞骤然闭上眼睛，觉得一股热浪猛地冲进了眼眶里，心中掠过了一阵痉挛，抽搐得浑身痛楚。咬紧牙关，他度过了这阵痉挛，举起酒杯，又啜了一大口。接着，他听到灵珊在唱歌，在低低地、婉转地、细腻地唱着一支歌，他不自禁地侧耳倾听，仔细去捕捉她的音浪。于是，他发现，她在一遍又一遍地重复着同一支歌曲，像是儿歌，又不是儿歌，像是催眠曲，又不是催眠曲，那歌词优美而奇异：

> 月朦胧，鸟朦胧，点点萤火照夜空。
> 山朦胧，树朦胧，唧唧秋虫在呢哝。
> 花朦胧，叶朦胧，晚风轻轻叩帘栊。
> 灯朦胧，人朦胧，今宵但愿同入梦！

　　他倾听着，那歌声越唱越轻，越唱越柔，越唱越细……他的神志也跟着歌声恍惚起来，催眠曲？不知道这是不是催眠曲，但，他确实觉得被催眠了，被迷惑了。他斜倚在窗棂上，不动，也没有思想。歌声停了。他依然伫立，那催眠的力量并没有消失，他心中恍恍惚惚地重复着那歌词中最后几句："花朦胧，叶朦胧，晚风轻轻叩帘栊。灯朦胧，人朦胧，今宵但愿同入梦！"一时间，愁肠百转，而不知身之所在！

　　忽然间，有个人影亭亭玉立地站在他面前，同时，手中的酒杯被人取走了。他一惊，回过神来，才发现灵珊正拿开他的酒杯，用颇不赞同的眼神静静地望着他。

"她睡着了。"灵珊说。"哦！"他凝视着她。"你喝了太多的酒，"她把杯子送到桌上去，"只有弱者才借酒浇愁。"他一震："你怎么知道我是借酒浇愁？"他微有薄怒，"我根本无愁可浇！""是吗？"她慢慢地走回到窗边来，望着他的眼睛，轻缓地摇了摇头，"不用欺骗你自己，你是我见过的人里面，最忧郁的一个！"他再一震，眼光就锐利地投注在她身上，她穿着件纯白的绒质睡袍，长发垂肩，面颊白皙，眉毛浓而挺，眼珠深而黑，那下巴的弧度是美好的，而那面部的表情，却在柔和中混合了执拗。是的，执拗，这是个执拗的、坦率的、倔强的、任性的女孩。在他第一次见她的时候，就曾经领教过她的刚强和坚毅。但，这样一个刚强的女孩，怎会唱出那么温柔甜蜜的歌曲？怎会对一个陌生的小孩子，付出那么深挚的热情？是了，在这刚强的外表下，必然藏着一颗善良而热情的心，不只善良和热情，那颗心还是敏锐细密而易感的！

"不必盯着我看，"她直率地说，眼光掉向了窗外的星空，"我知道我服装不整。""不是的，"他仓促地说，"我在看——你具有多少种不同的性格和优点！"她的脸微微一红："你的恭维话和骂人话同样高明！"

"你也是！"他们对视了一眼，她笑了笑，又看着窗外。

"我们办个交涉，"她说，笑容收敛了，显得严肃而庄重，"你设法把阿香找回来，于情于理，你都欠了阿香的。然后，把楚楚送到我的学校里来，这孩子需要朋友，需要教育，需要和她同年龄的孩子在一起！"

"好的！"他叹口气，完全屈服在她的"理性"之下，"我听你的安排！"她再看了他一眼："只要你有需要，都可以把她送到我家里来，我不当她的家庭老师，却乐于帮你照顾她。即使我不在家，你一样可以送她来，我母亲和我姐姐都会照顾她的！"

"我怎么谢你？"他问。

"我不是要你谢我而做这些的，我只是同情一个没有母亲的孩子……"她忽然正视着他，单刀直入地问，"她母亲去世多久了？"他惊跳，刚刚恢复血色的嘴唇又倏然间变得惨白了。温和与宁静迅速从他脸上消失，他的眼神立即阴鸷而凶猛起来，狠狠地盯着她，他用嘶哑的声音，恼怒地、激动地低吼："谁告诉你她母亲去世了？"

"哦？"灵珊惊愕地睁大眼睛，"她母亲没有去世吗？那么，对不起。""谁说的？"他愤怒地问。"是楚楚自己说的。"他顿时泄了气，把身子靠在玻璃窗上，显得疲倦、苍凉而颓丧。"如果她母亲活着，"她小心翼翼地说，"那么，她在什么地方？"他猛地抬起头来，直视着她，呼吸沉重地鼓动了他的胸腔，他咬咬牙，咬得牙齿发出了响声，他凶恶而阴沉地低吼："我说过她还活着吗？"

灵珊惊讶得说不出话来，迎视着他的目光，她摇摇头，这是什么意思？她气得挺直了背脊。"你——莫名其妙！"她骂了一句，把长发往脑后一甩，转身欲去，"算我倒霉，撞着了鬼！我再也不管你家的闲事！"

"等一下！"他伸手拦住了她。

"你是怎么回事？"她忍无可忍地喊，"你暴躁易怒，乱发脾气，不知好歹，恩将仇报，喜怒无常，稀奇古怪，莫名其妙……"

他眼里闪着光："我不知道，你居然能一口气用这么多的成语！"他愕然地说，"你还有些什么成语，全说出来吧！"

"我不说了，我不和你这种怪物说话！"

"好。"他点点头，让开身子，面对着玻璃。他用手扶着窗子，眼光怔怔地凝视着窗外那些闪烁的灯光，忽然下决心似的，低沉地说："在你走以前，我愿意把我的事告诉你！"

"我不想听！"

"你要听。"他固执地说，头也不回，他的声音像来自深谷的回音，森冷、绵邈而幽邃，"我认识楚楚的母亲，是念大一那一年，她不过是个十五岁的孩子。很奇怪，你会发狂般地去爱一个孩子，再费力地去等她长大。我大学毕业，她十八岁，我们就毅然决然结了婚，二十二岁的我，当丈夫似乎太年轻，而她，更是个好年轻好年轻的小妻子。但是，我已经等了她那么久，我实在等不及受完军训。婚后三个月，我去受军训，一年后，楚楚出世，我做了父亲，我的太太，从十八岁的小妻子变成十九岁的小母亲。军训受完，我立即拿到了美国麻省理工学院的奖学金，我们这一代，留学似乎成了必经的一条路，如果我眷恋妻儿而不肯出国深造，就会变成一个大逆不道的叛徒。我的父母家人，都把所有的希望放在我身上，众望所归，我出了国，三年后，拿到了硕士学位，回家后，才发现我只剩下了女儿，失去了妻子。"

他燃起了一支烟，深吸了一口，目光始终停留在窗外，烟雾扑向那玻璃窗，把窗子蒙上了一层白雾。

"家里想尽了各种方法隐瞒我，当我收不到她的信起疑时，他们才告诉我她在生病……"他的声音咽住了，深吸着烟，有好一会儿，只是站在那儿吞云吐雾半晌，他才低语了一句，"算一算，自从婚后，聚少离多，我刚学成可以弥补这些年来的亏欠时，她却已经去了，毫不犹豫地去了。"他再吸了一口烟，声音化作了一声长长的叹息。

灵珊站在那儿，呆望着他的背影，他的故事很简单，没有丝毫传奇性，但是，她却觉得自己被感动了，被他语气里那种眷恋的深情和无可奈何的凄怆感动了。她想说什么，喉咙里哑哑涩涩的，竟吐不出任何声音。好一会儿，他骤然回过头来，眼圈红红的，烟雾罩着他，他整张脸都半隐藏在烟雾里。"好了！"他简捷地说，"你可以走了。"

她瞪着他："你的父母呢？"她问。

"他们在南部，我父亲在高雄炼油厂工作。"

"为什么不把楚楚拜托你的父母照顾？"

他阴鸷地凝视她："我已经失去了妻子，难道还不能和女儿在一起吗？我是父亲，我不把她交给任何人！"

他走到桌边，熄灭了烟蒂，再伸手去拿桌上的酒杯。

她迅速把手压在那杯子上，他抬眼看她，他们两人对视着。"楚楚需要一个清醒的父亲。"她低语。

他放开了酒杯，望着她。然后，他坐进了沙发里，疲倦地伸长了腿，把头仰靠在沙发的靠背上。室内有一段时间的沉寂，曙色不知不觉地染白了窗子，她忽然惊醒过来，自己在干什么？竟在这陌生人家中待了一夜？她对他看去，想向他道别，却发现他已经睡着了。深秋的早晨，夜凉似水。她迟疑了一会儿，就悄悄走向走廊，推开走廊里的第一扇门，果然，那是间卧室，床上，整齐地折叠着毛毯，她走进去，从床上取了一条毛毯，忽然间，她怔住了。

在床头的小几上，放着一个镜框，里面是一张放大的照片。出于本能，她伸手拿起那镜框，镜框里，一个好年轻好年轻的少女，正站在一块岩石上，迎风而立，长发飘飞，那少女在笑，笑得好甜好美好妩媚。灵珊仔细凝视这少女：明眸皓齿，巧笑嫣然，风姿万种而媚态横生。她从不知道楚楚竟有如此美丽的母亲，怪不得韦鹏飞对她这么一往情痴而念念难忘。为什么有情人不能长相聚首？为什么这样年轻可爱的少女竟天不假年？她仰首望望天，一时间，竟恨起命运的不公平和上帝的无情了。

把照片放回原处，她才发现那照片下面，题着两行小字，由于字迹和照片的颜色相混，不仔细看，几乎看不出来，那两行字写的是：

其奈风流端整外，更别有，系人心处，
一日不思量，也攒眉千度！

好个"一日不思量，也攒眉千度！"这显然是韦鹏飞后来题上去的，怎样一份斩不断、理还乱的深情呵！她轻轻叹口气，抱住毛毯，折回到客厅里来。

悄悄移到沙发边，她打开毛毯，轻轻地盖在韦鹏飞身上。韦鹏飞的头侧了侧，发出一声模模糊糊的呓语，继续沉睡，她站在那儿，静静地凝视了他一会儿，他睡得并不安稳，那眉头是紧蹙着的。难道连睡梦里，他仍然"攒眉千度"吗？她再叹了口气，关上了灯，转身走出了韦家的大门。

天已经完全亮了，她甩甩头，竟不觉得疲倦。家里的大门关着，她想，回去准要挨父母好好的一顿训话了！但，即使挨顿骂，似乎也是值得的，在这一夜里，她仿佛长大了不少，最起码，她了解了两句话：

人生自是有情痴，此恨不关风与月！

第五章

　　接下来的一个星期，灵珊因为有位同事请婚假，她又兼了两个班上午的课，所以，生活就比平常忙碌了许多。好在，无论怎样忙，不过是教一些小孩唱歌、做游戏、画图、折纸飞机……工作本身仍然是很轻松的。然后，那个星期一的早晨，韦鹏飞牵着韦楚楚的小手，来到了"爱儿"幼稚园里。这是灵珊第一次在早晨看到韦鹏飞，他穿着件白衬衫，咖啡色的毛背心和一条咖啡色的长裤，胳膊上还搭着件咖啡色的麂皮外衣。他浴在那金色的阳光里，大踏步而来，看起来精神饱满而神采奕奕。灵珊用一种崭新的感觉迎接着他，不自觉地带着惊奇的神情。他没有酒味，没有暴躁易怒的坏脾气，就好像脱胎换骨，变成了另一个人。而楚楚呢？干干净净地穿着件小红毛线衣，红呢裙子，头上还戴着顶红呢帽，她扬着那长长的睫毛，闪亮着那对灵活的眼珠，俏生生地站在那儿，像童话故事中所画的"小红帽"。

"我已经把阿香找回来了，"韦鹏飞站在校园的阳光下，微笑地望着她，那笑容中带着抹屈服和顺从，还有份讨好的意味，"再把楚楚送到你这儿来，你看，我完全听了你的话。"

"你应该听的，是不是？"灵珊微笑着问，扬着睫毛，阳光在她的眼中闪亮，"我打包票，我们会把你的女儿照顾得很好。"

"别说'我们'，"他率直地说，眼光紧紧地盯着她，"我只信任你，因为你在这儿，我才送她来！"

"你应该信任教育……"

"不要和我谈教育！"他又开始"原形毕露"了，鲁莽地打断了她，他很快地说，"不要和我谈这么大的题目，我只是个小人物，最怕大问题！"

她稀奇地望着他："你这人真矛盾！你自己受了高等教育……"

"也是高等教育下的牺牲者！"他冷冷地接话。

"我听说你是一家大工厂的工务处处长，负责整个工厂的生产工作。"

"是的，怎样呢？"

"如果你不学，怎能当工务处处长？"

"不当工务处处长，又有什么不好？"他盯着她问，"了不起是穷一点，经济生活过得差一点，我告诉你，在这世界上，没当工务处处长，而生活得比我快乐充实的人，比比皆是！"

"你把你的不快乐，归之于受教育吗？"灵珊啼笑皆非地望着他，"你知道人类的问题在哪里？人类是最容易推卸责任和不满现状的动物！"

"哈！"韦鹏飞轻笑了一声，眼睛映着阳光亮晶晶地注视着她，"假若不是因为我认识你，我会把你看成一个唱高调的人！教育问题，人类问题……你想做什么？先天下之忧而忧吗？"

"你错了。"她坦率地迎视着他的目光，"我从没有什么先天下之忧而忧，我只是面对自己的问题，我不找借口，我不怪命运，我也不逃避……"

"你在拐着弯儿骂人吗？"

"不。"她诚恳地低语，"我只希望——希望你能先天下之乐而乐！这世界上固然有比你幸福的人，但也有比你更不幸的人……你又要说我在唱高调了，你……"她抬眼看他，眼里是一片温柔、宁静与真挚："忘记那些不快吧，好吗？你拥有的东西，比你失去的多，你知道吗？"

他震动了，在她那诚挚的目光下震动了，在她那软语叮咛下震动了。他正想说什么，她已牵过楚楚的手，微笑着说："你给她办好入学手续了吗？"

"是的。"

"那么，我要带她去上课了。楚楚，和爸爸说再见！"她回头看他，对他挥挥手。上课铃响了，楚楚也回头对他挥手。他怔怔地站在那儿，目送她们手拉着手儿走进教室，直到她们两人的影子都看不见了，他仍然伫立在那儿。伫立在那秋天的，暖洋洋的阳光下。好一会儿，他才转过身子，下意识地抬头看看天空，天蓝得刺眼，白云在太阳光的照射下发亮，他忽然觉得满心欢愉，满心填满了阳光，填满了某种说不出来的快乐。他大踏步地向校外走去，身边，有股甜甜的幽香绕鼻而来，他看过去，才发现那儿种着一棵桂花，这正是桂子飘香的季节，那桂花特有的清香弥漫在空气中，熏人欲醉。他走过去，伸手摘下一把桂花，耳畔，教室里开始传出孩子们喜悦的歌声：

　　　白浪滔滔我不怕，撑起舵儿往前划，撒网下水

　　到渔家啊，捕条大鱼笑哈哈，嗨哟咦哟咦哟哼嗨哟，

　　嗨哟咦哟咦哟哼嗨哟……

　　他以一种崭新的、感动的情绪，聆听着那些孩子们的歌声。这才发现好久好久以来，他的生活里竟然没有歌声，没有阳光甚至没有花香了。握着那把桂花，他走出校园，跨上了自己的车，他向工厂开去，一路上，那桂花的香味始终绕鼻而来。车子驶上了高速公路，工厂在中坜，他每天必须开一小时的车去上班，再开一小时车下班，往常，总觉得这条路好长好长，今天，他却感到悠闲而自在。自在些什么，也不能完全了解。灵珊这一天的生活，过得和往常没有什么两样。韦楚楚第一天上课，居然乖得出奇。没有打架，没有生事，没有咬人……她只是用新奇的眼光望着所有的一切。她有些孤僻，不肯接近同学，下了课，就像个小影子似的挨着灵珊。她不会写名字，不会答智力测验，不会唱任何儿歌，也不会折叠小玩意儿，因而，显得相当笨拙。灵珊知道，这

不是一朝一夕的事。只要这孩子听话，总会慢慢学会的，她倒并不着急。

楚楚念的是上午班，中午，她就被阿香接回去了。黄昏时，灵珊下了课，邵卓生已经等在校门口。

"灵珊，一起去吃晚饭吧，天凉了，我请你吃毛肚火锅！"

"我有好多好多事……"灵珊想拒绝。

"你怎么永远有好多好多事？"邵卓生说，一副若有所思的样子，"那些事会妨碍你吃饭吗？"

"是的，会妨碍。"她一本正经地说。

"那么，"邵卓生好脾气地，极有耐性，也极有风度地说："我不耽误你，明天呢？"

"明天也有事！"

"后天呢？"

"后天也有事。"

"那……那么，"邵卓生结结巴巴起来，"你……你到底哪……哪一天没事？"看他忠厚得有趣，灵珊忍不住笑了起来，一面笑，一面就洒脱地扬了扬头，慨然说："好吧！我们去吃毛肚火锅！反正……是纯吃饭！"

纯吃饭这三个字，是从"纯吃茶"引申而来的，是灵珊姐妹间的术语，纯吃茶不一定是"纯吃茶"，纯吃饭代表却是单纯的吃饭，表示毫无其他"意义"。可是，邵卓生本来就是"少根筋"，只要灵珊肯跟他吃饭，他才不管她有意义没意义，就已经乐得手之舞之，足之蹈之了。

灵珊跟邵卓生去吃了晚饭，两人又在街头散了散步，逛了逛书店，买了好几本小说，回家时，又已经快十点钟了。邵卓生和往常一样，把灵珊送到大厦门口，忽然间，这"少根筋"却福至心灵地说了句："灵珊，我们就一辈子这样耗下去了吗？"

"什么意思？"灵珊装糊涂，面有不豫之色。

"没有意思，"邵卓生慌忙说，"我只是告诉你，我很有耐性，我会耗下去的，无论耗多少年！"

邵卓生走了，灵珊却站在大门口发了半天怔。看样子，"纯吃饭"也不能再接受了，这个呆子已经认了真，如果再交往下去，恐怕就甩不掉他了。与其将来伤害他，不如趁早快刀斩乱麻。她想着，慢吞吞地往大厦中走。

忽然，有一缕香烟的气息绕鼻而来，一个高大的人影就遮在她面前了，她一惊，抬起头来，韦鹏飞正吸着烟，静静地注视着她。"哦，是你！"她说，"你在干什么？"

"散散步，看看月亮！"他说。

"很有闲情逸致嘛！"她笑笑，要往楼梯上跑。

他拦住了她，眼光停留在她的脸上。

"在外双溪，"他说，"有一家餐厅开在小溪边上，可以赏月谈天，专吃烤肉，营业到每天凌晨，你愿不愿意跟我一起去坐坐？""哈！"她笑了，"我刚刚跟人吃完毛肚火锅，你又请我吃烤肉，我成了饭桶了。"他的眼睛立即阴暗了下去。

"对不起，"他哑声说，"我在找钉子碰！"

她站在楼梯口，望了他两秒钟。

"你有车子？"她明知故问。

"是的。"

"或者，我们可以去游车河。"她轻语。

他的眼睛闪亮。"走吧！"他说，早上那种崭新的感觉又来到他胸怀里，这是夜晚，没有阳光他却依旧感到光华耀眼而满心欢愉。他们走到停车场，上了车，他直驶出去。她忽然有点奇怪，看着他，她说："你每天晚上都在花园里散步看月亮吗？"

"不，只有今晚。"他坦白地说。

"为什么？"

他咬住嘴唇，默然片刻，车子往三重的方向开去，过了中兴大桥，直上高速公路。他熄灭了烟蒂，回眸看她，他眼里闪着两小簇奇异的火焰。

"我今晚去你家拜访过你。"

"哦？"她惊讶地睁大眼睛。

"你弟弟告诉我说，你和一个名字叫扫帚星的男孩子出去玩了。你父母跟我聊了一会儿，你的姐姐很文雅，你家——实在是个好温暖好幸福的家庭。我从你家出来，不知怎么，无法回到自己的家里去。于是，我就到花园里来散步了。我想，我或者可以看到那个扫帚星。"

她紧盯着他："你看到了吗？"

"是的。"

"有何感想？"

"配不上你！"

"为什么？"

他不语。他的手稳定地扶着方向盘，眼睛直视着前方，他的脸色有些紧张，有些苍白，呼吸沉重而急促。他似乎在想着什么，似乎陷入某种思绪里，他的眼神深邃黝黑而深不可测。灵珊掉转头来，望着车窗外向后飞驰的道路和高速公路边那些黑暗的荒野。逐渐地，一种心慌意乱的感觉就对她袭了过来，她有些慌乱地说："你要带我去哪里？"

"去旭伦。"

"旭伦？那是什么地方？"

"旭伦锻造及精密铸造厂。"

"我不懂。"她皱起眉头。

"是我工作的地方。"

"你那个工厂吗？"

"是的。"

"为什么要带我去你的工厂？"

"我也不知道。今晚在加班，我想带你去看看，或者——能够帮助你了解我。"她不知所以地心跳起来。

"我——并不想了解你。"她的声音软弱而无力。

车子"吱"的一声尖响，陡然急刹车，停在路边上，她吓了好大一跳，身子一震，差点撞到前面的安全板上去。她抽了口气，瞪视着他，路灯下，他的脸色苍白，眼睛里又跳跃着她第一次见他时，就曾闪烁在他眼中的那种阴郁的光芒。

"你干什么？"她问。

"找一个地方掉头。"

"怎么了？"她咬咬牙，"你不是说要去你的工厂吗？"

"不去了。"他摇摇头，"我发现我又无聊又愚蠢，我是个——傻瓜！"

她回转头，深深地注视他。"你不是傻瓜，"她的声音像秋虫的轻唱，像夜风的低吟，"你太敏感，太容易受伤，你有一副最坚强的外表，最脆弱的感情。你的外表像个蛋壳，一敲就破，内心却是最软弱最软弱的。"

他狠狠地瞪着她。"别妄下断语！也别自以为聪明！"他低吼。

"我不下断语！我也不认为自己聪明，"她幽幽地说，"请你不要对我吼叫，自从我们认识，你总是对我吼叫，我发现我居然有些怕你！"她的睫毛垂了下去，再抬起来的时候，她眼里闪烁着泪光，她的声音微微有些哽咽，"我从来没有遇到过像你这样的人，你好凶恶，好霸道，好阴沉，好容易生气，我不知道我为什么要迁就你，可是，我……我……我一直在迁就你！而你还不领情！我……"她低下了头，轻得像耳语般说："对不起，我……我很失态……"她吸了吸鼻子，"请送我回家去。我不知道自己在说些什么。"

他用手托起了她的下巴，路灯下，她的脸嫣红如醉，眼睛里泪光莹然，那密密的两排长睫毛，被动地向上扬着，两滴闪亮的泪珠，缀在那睫毛上，闪烁如天际的星辰，她的眼光柔柔的，眼波如月如水如清潭。她的嘴唇是红润的，美好的，在那儿微微地翕动着，像要诉说什么，又不敢诉说什么。他凝视她，一瞬也不瞬地凝视她，然后，他的头俯了下来，嘴唇轻轻触到她那冰凉柔软的唇上。忽然间，后面一阵车灯的照射，一阵喇叭的狂鸣，然后，"呼"的一声，一辆卡车飞快地掠过了他们。这突来的灯光像闪电般闪过，灵珊悚然一惊，慌忙坐正身子，像从迷梦中突然醒来一般，她惊慌失措地说："你不能在高速公路上任意停车！掉回头吧，我要回去了。"他伸手去握她的手，她轻轻地抽开了。

"回去吧！"她再说。他注视她，机会已经失去，她忽然像个不可侵犯的圣女，眼光望着窗外，她正襟危坐而目不斜视。他想说什么，想解释什么。但是，他眼前掠过许许多多缤纷的影子，这些缤纷的影子如同电影中变形的特写镜头，交叠着对他扑了过来。这些影子中有楚楚，有楚楚的母亲……她们扑向他，扑向他……像一把把利刃，忽然从他心上一刀又一刀地划过去，他痛楚地咬紧牙关，额上几乎冒出了冷汗。

他不再说话，甚至不再转头去看她，发动了车子，掉转了头，向台北开去。

一路上，他们两个变得非常沉默，都心神不定而若有所思。他不知道她在想什么，也不知道她对他的感觉，他不敢问也不想问。只是一个劲儿地闷着头开车。夜风从窗口吹入，吹凉了他的头脑，吹醒了他的意志，吹冷了他的心。他模糊地想起了她那个温暖的家，父母、姐弟、男朋友……扫帚星？如果那个漂亮温文的邵卓生配不上她，他更用什么去配上她？他的心更冷，更寒，更涩，更苦……而在这一片冰冷的情绪里，楚楚和她母亲的脸始终飘浮在窗外的夜空里，冷冷地看着他，幽幽地看着他，似乎要唤醒他那沉睡的意志，唤醒他灵魂底层的某种悲哀……

车子进入了台北市，就滑进了一片灯海中。他们仍然沉默着，沉默的时间一长，就谁也不愿意先开口，一层尴尬的气氛在两人之间弥漫。她悄眼看看他，被他那满脸的严肃和冷漠震慑住了，她就更加闭紧了嘴。

到了安居大厦，停好了车，她无言地跨下车子。关好车门，他跟着她走进大厦，拾级上楼，他们缓缓地，一级级地上去，一直走上了四层楼。到了必须分手的时候，他终于下决心似的，转头面对着她，他的眼睛里充满了某种狼狈的颓丧和苦恼的、自责的情绪，他的声音竟微微发颤："对不起，刘小姐。"

她涨红了脸，含糊地问："对不起什么？"

"我居然如此不自量力，又如此鲁莽和冒昧，我应该有自知之明……"他艰涩地，困难地，结舌而费力地说，"你洁白无瑕，像一只天鹅。而我——正是只名副其实的癞蛤蟆，我自惭形秽。"

她张大了眼睛，默默地凝视他。那黑白分明的，清澈的眼光一投注在他的脸上，他头中立即"嗡"地一响，狼狈和自惭的情绪就更重地抓住了他。他仓促后退，脸色由苍白而涨红了。"很傻，是不是？"他凄然地说，"一个破碎的口袋，竟想去装住一颗完美的珍珠。"

他打开房门，进去了。

她靠在墙上，好一会儿，她只是靠在那儿，默默地，恍惚地，静静地沉思着。

第六章

灵珊有好长一段时间郁郁寡欢，她看什么事都不顺眼，做什么事都不得劲，心烦意乱而情绪不稳。灵珍说她害了忧郁症，灵武说她变得不近人情，刘思谦说她工作太累了，缺乏年轻人该有的娱乐。只有刘太太默然不语，只是静静地观察着她。然后，这天晚上，刘思谦出去应酬了，灵珍和张立嵩去看电影，灵武在房间里边听音乐边做功课，家里难得如此安静。灵珊坐在书桌前面，拿着一本拍纸簿，无意识地涂抹着一些乱七八糟的句子。刘太太悄悄推门进来了。

灵珊看看母亲，就又低下头去。刘太太走近她，轻轻地伸手拿起她桌上的拍纸簿，看到上面纵横零乱地写着几句话：

新来瘦，非干病酒，不是悲秋！

刘太太放下本子，凝视灵珊，是的，灵珊是瘦了。

"为了谁?"刘太太柔声问,温存地打量着女儿。

"没有!"灵珊蹙紧眉头,把那张纸扯下来,慢慢撕成粉碎。"是邵卓生吗?"刘太太继续问,"那个少根筋难道一点进步都没有吗?灵珊,"她抚摸女儿的长发,"对男孩别太挑剔,你知道,人有好多种,有的机灵,有的憨厚。邵卓生那孩子,虽然缺乏风趣和幽默感,但是非常厚道。你无法找一个面面俱到的男朋友,邵卓生也就很不错了。"

"妈!"她懊丧地喊,"为什么你们都把我看成邵卓生的人?难道除了邵卓生,我就不可以交别的男朋友吗?世界上又不是只有邵卓生一个男人!"

"哦,"刘太太紧盯着她,"你另外有了男朋友?是谁?学校里的同事?还是新认识的?"

灵珊瞪视着母亲。"没有!"她更加懊丧了,猛烈地摇着头,她一迭连声地说,"没有!没有!没有!"

刘太太沉思了一会儿。

"我懂了,"她温柔地说,"你不满意邵卓生,又没有遇到其他满意的人。邵卓生对你而言,是一根鸡肋,食之无味,弃之可惜……""妈妈!"灵珊苦恼地喊了一声,紧锁着眉头,"你能不能不要乱猜?我不是很好吗?""你有心事!"刘太太说。"我很好,很快乐,很满足,我没有心事!""你骗不了一个母亲!"刘太太用手梳着她的长发,柔声说,"告诉我。""妈妈!"灵珊哀求似的叫,眼中盛满了凄惶及无奈,"你别管我,好不好?我最近有点烦,只因为……只因为天气的关系。""天气?最近天气很好呵!""很好我也可以烦呀！"灵珊强词夺理。"好，好，可以烦，可以烦。"刘太太微笑着，"原来你是'新来瘦，非干病酒，却为悲秋！'""妈！"灵珊有点儿恼羞成怒，居然要起赖来了，"你干吗找我麻烦嘛？人家好好的，什么事都没有，你一定要来烦我，都是你！把我弄哭了，也没什么好处！""哎呀！灵珊！"刘太太慌忙说，"你可别耍，别让你弟弟笑话你……怎么，真的要哭呀？""都是你，都是你，都是你……"灵珊本有点矫情，可是，不知怎的，眼泪却真的来了，"你一定要找我麻烦，你一定要把我弄哭……""喂喂，灵珊，"刘太太手足无措了，把灵珊一把揽进了怀里，她不住地拍抚着她的背脊，"好了，都是妈不好，不该问你！你别哭呀，当老师的人了，怎么还像小孩子？……你听，门铃响了，灵珍他们回来了，快擦干眼泪，别让立嵩他们笑你……"灵珊立刻冲进浴室去擦眼泪，擦好脸，回到房间里，她才发现翠莲笑嘻嘻地站在门口，客厅里没有灵珍和张立嵩的嬉笑声，显然不是灵珍回来了。

翠莲望着她说："二小姐，是阿香找你，她说请你过去一下，她家小姐又不肯写字了！"灵珊的脸色变了变。"她爸爸呢？"她问。"阿香说，她爸爸还没回家！""哦。"灵珊迟疑了一会儿，脸色忽阴忽晴，眼睛忽明忽暗，终于说："我去看看吧！"

她走了出去，紧紧地抿着嘴角，眼里闪耀着奇异的光彩。刘太太目送她的影子消失，心里有点恍恍惚惚的，然后，她的心脏"咚"地一跳，胸口就像被什么东西重重地捶了一下。她眼前闪过一张男性的脸庞，深沉的眼睛、坚毅的嘴角、忧郁的神情……难道使灵珊"非干病酒，不是悲秋"的原因竟远在天边，而近在眼前吗？刘太太摸索着灵珊刚刚坐过的椅子，不由自主地坐了下去，默默出起神。

灵珊走进了韦家。楚楚坐在餐桌前面，一脸的倔强，怒视着桌上的习字簿，手里紧握着一支铅笔，嘟着嘴唇，她的眼睛瞪得圆圆的，一看到灵珊，她立即叫着说：

"阿姨，我不喜欢写我的名字！"

"为什么？"灵珊在她身边坐下来，拿起她的习字簿，发现上面画得乱七八糟，没有一个字写对。她打开楚楚的铅笔盒，找到橡皮，慢慢把那些铅笔线条擦掉。"每个人都要学写自己的名字，这是很重要的，如果你不会写名字，会被别人笑！""我不喜欢！"楚楚噘着嘴说，"阿姨，你给我换一个名字！""名字怎么能换呢？"灵珊说，望着她，"你为什么要换名字？""它太难写了，那么多笔画，我的手都累死了！"楚楚扬着睫毛说，"像丁中一，他的名字好容易写，我会写丁中一，阿姨，我改名字叫丁中一好不好？"

灵珊凝视着楚楚，情不自禁地笑了起来，她用手揉着楚楚的头发，怜爱地说："你不能改名字叫丁中一，每个人有自己的名字，换了名字，你就是丁家的孩子，不是韦家的孩子了。你的名字很好，比丁中一的名字好。楚楚，这是两个很可爱的字，像你的人一样可爱。"楚楚仰头看着她，眼里闪着光："阿香说我是淘气鬼，以前的阿巴桑说我是短命鬼，昨天晚上，我把爸爸的酒杯打破了，爸爸说我是讨债鬼。阿姨，丁中一说鬼是很丑很丑的，很怕人的，我是不是很丑？"

　　"如果你不乖，你就很丑！"灵珊说，从背后握住了她的手，"可是，你现在很乖，你要学写你的名字，乖孩子都是很漂亮的，来吧！我扶住你的手，我们一起来写，好不好？"

　　楚楚看了看她，就顺从地握起了那支笔。于是，灵珊扶着她的手，一笔一画地写着，只写了几个字，那孩子就唉声叹气了起来，一会儿说："我的手好酸好酸呵！"一会儿又说："我的眼睛好累好累呵！"最后，她居然说："我的脚好痛好痛呵！"

　　灵珊忍不住要笑，注视着楚楚，她的唇边全是笑意，眼睛里也全是笑意，她忍俊不禁地说："你用手写字，脚怎么会痛的？""我的脚指头一直在动在动……"楚楚认真地说。

　　"干什么？""它在帮忙，因为我的手好累好累。"灵珊再也忍不住，她笑了出来。一面笑，她一面放开楚楚的手，把她从椅子上抱了起来，吻了吻那孩子的面颊，低叹着说："楚楚，你实在好可爱好可爱呵！"楚楚呆了，她注视着灵珊的脸，然后，猝然间，她就用小胳膊紧紧地箍住灵珊的脖子，把面颊埋进了她的肩窝里，她用细细的、嫩嫩的、小小的声音，热烈地低喊："阿姨，我好喜欢好喜欢你呵！"

　　这一声天真的、纯挚的呼叫，顿时使灵珊胸中一热，整个人都热烘烘地发起烧来。她的眼眶湿润了。把楚楚抱向卧室，她低柔地说："我们今天不写字了，你该睡觉了，我抱你去睡觉，好不好？"楚楚不回答，只用小胳膊更紧更紧地抱了她一下。灵珊把她抱进卧室，问："洗过澡了吗？"楚楚点头。"睡衣在哪里？""柜子里。"灵珊把楚楚放在床沿上，打开柜子抽屉，找出了睡衣，正帮楚楚换着睡衣，阿香不安地赶了过来，叫着说："二小姐，我来弄她！"

楚楚的身子一挺，说："我要阿姨！"灵珊对阿香笑笑："没关系，我来照顾她，你去睡吧！"

阿香退开了。灵珊帮楚楚换好衣服，让她躺上床，拉开棉被，密密地盖住了她，又把她肩头和身边的被掖了掖。楚楚睁大了眼睛只是注视着她。刚刚，这孩子还在说眼睛好累好累，现在，她的眼睛却是清醒的。

"睡吧！"灵珊温和地说。"阿姨，"那孩子甜甜地叫，"你上次唱过歌给我听，你再唱歌好不好？"灵珊微笑地凝视她，坐在床沿上，她用手指按在那孩子的眼皮上，使她合上了眼睛。于是，她轻声地、婉转地、细致地唱了起来：

> 月朦胧，鸟朦胧，点点萤火照夜空。
> 山朦胧，树朦胧，唧唧秋虫在呢哝。
> 花朦胧，叶朦胧，晚风轻轻叩帘栊。
> 灯朦胧，人朦胧，今宵但愿同入梦！

她唱着唱着，直到那孩子沉沉入睡了。她继续低哼着那曲子，眼光蒙蒙眬眬地投注在那熟睡的脸庞上，心里迷迷糊糊地想着那个下午，在楼梯上又踢又蹦又抓又咬的情形。谁能相信，这竟是同一个孩子？谁又能相信，这孩子已卷入了她的生命，控制了她的情绪？

终于，她慢慢站起身子，拉上了窗帘，关掉床头灯，对床上那小小的人影再投去一瞥，她就悄然退出那房间，轻轻带上了房门。走到客厅里，她猛然一怔。韦鹏飞不知何时已经回来了，他正静静地坐在沙发里，静静地抽着烟，静静地注视着她。他脸上的表情是深沉的，奇异的，眼睛里闪着一抹感动的，几乎是热烈的光芒。她站住了，他俩默默地相对，默默地彼此注视，彼此衡量。

"什么时候回来的？"她问。"有好一会儿了。""你每天下班都不回家吗？"她的语气里带着责备，眼睛里写着不满。"唔。"他哼了一声。"你喝了酒。""唔。"他再哼了一声。"你每晚都去喝酒吗？""唔。"他又哼一声。"在什么地方喝酒？""酒家里。"他答得干脆。"除了喝酒，也做别的事？"她问。他锐利地看着她："我不是幼稚园的学生。"他说。"是的。"她点点头，"我能管的范围，也只有幼稚园。"她的声音微微颤抖。他熄灭了烟蒂，从沙发里慢吞吞地站起来，他的眼光始终一眨也不眨地停在她脸上，有种紧张的、阴郁的气氛忽然在室内酝酿，他硬生生地把视线从她脸上移开，喉咙沙哑地说："你该回去了。""是的。"她说，并没有移动。"怎么不走？"他粗声问。

她不响，伫立在那儿，像个大理石的雕像。他的眼光不自禁地又落回到她的脸上，他呼吸急促，声音重浊。"我说过，我像个破了洞的口袋。"他艰涩地说，"自从她离我而去，我一直生活在自暴自弃里，堕落与罪恶与我都只有一线之隔。你如果像外表那样聪明，就该像逃避瘟疫一样逃开我！"她仍然伫立不动，眼光幽幽然地直射向他。

　　"你听不懂吗？"他低吼，声音更粗更哑更涩，"我叫你逃开我，回家去！"她缓缓地走近了他，停在他面前，她的脸离他很近很近，她悠然长叹，吐气如兰。她的眼光如梦如雾如秋水盈盈。她的声音低柔而清晰："她叫什么名字？""谁？""你的太太。"他重重地呼吸，"请你不要提起她！""好。"她说，扬起睫毛，那两泓秋水映着灯光，闪烁如天边的两颗寒星，"我不提她！你刚刚说什么？你叫我回家去？""是的。"他哑声说，目光无法从她脸上移开。"为什么？""我——不想伤害你！"她又悠然长叹："你叫我走，而你说不想伤害我？你甚至不知道，怎样是伤害我，怎样是爱护我！好吧！"她转身欲去，"我走了，"她的声音轻柔如梦。"只是，今晚叫我走了，以后，我也不会再来了。"

　　他一伸手，紧紧地握住了她的胳膊。"灵珊！"他冲口而出，热烈地低喊，"我还有资格再爱一次吗？"她迅速掉转头来，双颊如火。眼睛里是烧灼般的热情，大胆地，执拗地，毫无顾忌地射向他。这眼光像一把火，烧毁了他所有的武装，烧化了他所有的顾忌。他把她拉向了怀里，俯下头去。他的嘴唇紧贴在她的眼皮上，吻住了那道火焰。她不动，然后，他的唇滑了下来，沿着那光滑的面颊，一直落在她那柔软的唇上。时间有片刻的停驻。他们紧紧贴着，他听到她的心跳，听到自己的心跳，听到她的呼吸，听到自己的呼吸。好久好久，他慢慢抬起头来，把她的头紧压在自己胸前，把她那纤小的身子，拥在自己宽阔的胸怀里。他抬眼看着窗外，一弯新月，正高高地悬挂着，远处，有不知名的鸟儿，在低声地鸣唱，他轻声说："像你的歌。""什么？"她的声音，从他胸怀中压抑地、模糊不清地透了出来。"像你的歌。"他再说。"什么歌？""月朦胧，鸟朦胧。"他喃喃地念。扶起了她的头，他用双手捧住她的脸，灯光映照在她的眸子里。"山朦胧，树朦胧。"他再念，长长地吸了口气，"灯朦胧，人朦胧。"他的声音低如耳语，他的嘴唇重新捉住了她的，紧紧地，紧紧地，他吮着那唇，像阳光在吸取着花瓣上的朝露。"别离开我！"他说，他的唇滑向了她的耳边，压在她的长发上，他的声音像个无助的孩子，"我只有个像蛋壳一样的外表，一敲就碎。灵珊，别离开我！"

她抬起头来，伸手抚摩他那粗糙的下巴，他的眼睛湿漉漉的，里面闪烁着狼狈的热情。"你在怕什么？"她问。"怕——"他顿了顿，"破碎的口袋，装不住完美的珍珠。""我会穿针引线，缝好你的口袋。"她说，用手环住了他的腰，把头倚在他的胸前。可是，她觉得，他竟轻轻地战栗了一下，好像有冷风吹了他似的。

第七章

　　"灵珊，你不要发昏！"灵珍坐在床沿上，呆呆地、吃惊地瞪着灵珊，压低了声音说，"如果你是在逢场作戏，我也不管你，反正，多交一个男朋友，也没坏处，但是，如果你是在认真，我反对，坚决反对！"

　　灵珊坐在书桌前的转椅里，她下意识地转着那椅子，手里拿了把指甲刀，早就把十个手指都剪得光秃秃的了。

　　"灵珍，"她说，"我把这事告诉你，只因为我们姐妹间从没有秘密，而且我以为，你和我一样年轻，最起码，不会像长一辈的思想那么保守，那么顽固……"

　　"这不是保守与顽固的问题！"灵珍打断了她，诚挚地、恳切地说，"我们的父母，也绝不是保守和顽固的那种人，爸爸妈妈都够开明了，他们从没有干涉过我们交朋友，你记得我高中毕业那年，和阿江他们鬼混在一起，妈尽管着急，也不阻止，事情过去之后，妈才说，希望我们自己有是非好坏之分，而不愿把我们像囚犯一样拘禁起来。"

"妈受过囚犯的滋味。"灵珊说，沉吟地看着灵珍，"你和阿江的故事，不能和我的事相提并论，是不是？阿江是个小太保，韦……"

"韦鹏飞也不见得是个君子！"灵珍冲口而出。

"姐姐，"灵珊蹙起眉头，"你怎么这样说？"

"算我说得太激烈了。"灵珍说，"灵珊，你想想看吧，你对他到底了解多少？认识多少？"

"很多了。"

"很多？全是表面的，对不对？他有很好的学识，很好的工作，派头很大，经济环境很好，这是你了解的。背后呢？他的人品如何？他的父母是谁？他的太太死于什么病？你不觉得，这个人根本有些神秘吗？我问你，他太太死了多久了？"

"我不知道。"

"不知道？你怎么可以不知道？"

"提他的太太，对他是件很残忍的事，我想，至今，他无法对他太太忘情。"

"哈！"灵珍更激动了，"提他太太，对他是件很残忍的事，不提他太太，对你就不残忍了吗？灵珊，你别傻，世界上没有一个女人，能去和死人争宠！"

灵珊打了个冷战。"妈妈常说，人都有一种贱性，"灵珍紧紧地注视着灵珊，"失去的东西，往往是最好的，得不到的东西，更是珍贵的。灵珊，"她用手指绕着灵珊的长发，"你要想想清楚，我不反对你和他交朋友，可是，别让他占了你的便宜，我有个直觉，他是很危险的！"

"他绝不是要占女孩子便宜的那种人，"灵珊不自禁地代韦鹏飞辩护，她的眼光迷蒙地看着桌上的台灯，"事实上，他一直在逃避我……"

"以退为进，这人手段高明！"灵珍又打断她。

"你怎么了？姐？"灵珊恼怒地说，"你总是往坏的地方想，你不觉得你在以小人之心，度君子之腹吗？"

"他不是君子！"

"何以见得？"

"如果他对太太痴情，他不该来挑逗你……"

"他并没有挑逗我！"

"那么，是你在挑逗他了？"

"姐姐！"灵珊红了脸。

"好吧，我不攻击他！"灵珍躺了下去，眼睛看着天花板，"我在想，他的故事里，总有些不对劲的地方。他留学回来，发现太太死了，他太太应该尸骨未寒，而他，已经在转另一个女孩的念头了。"她转过头来，望着灵珊，怒冲冲地说："我最恨朱自清！"

"这与朱自清有什么关系？"灵珊诧异的。

"朱自清写了一篇给亡妇，纪念那个为他鞠躬尽瘁，死而后已的太太，全文文辞并茂，动人至极……"

"我知道。"灵珊接话说，"最后却说，他今年没有去上太太的坟，因为他续娶的夫人有些不舒服。"

"我们讨论过，对不对？"灵珍说，"其实，续娶也应该，变心也没什么关系，只不该假惺惺地去写一篇给亡妇。我讨厌假惺惺的人！"

"你是说，韦鹏飞假惺惺吗？"

"我不批评韦鹏飞，免得影响姐妹感情！"灵珍说，"我只劝你眼睛睁大一点，头脑清楚一点，你是当局者迷，我是旁观者清！我告诉你，那个韦鹏飞不简单，绝对不简单！你如果不是逢场作戏，就该把他的来龙去脉摸摸清楚，爱情会让人盲目！你不像我，我还和阿江混过一阵，你呢？你根本没有打过防疫针！"灵珊瞪视着灵珍，默默出起神，她觉得灵珍这番话，还真有点道理。虽然有些刺耳，却句句都是肺腑之言，她咬着嘴唇，默默沉思。灵珍看到她的脸色，就知道她的意志已经动摇了，她伸手抓住灵珊的手，诚挚地问："灵珊，你到底和他到什么程度了？"

灵珊出神地摇摇头："谈不上——什么了不起的——程度。"

"那就好了，对男人要保持距离，以策安全。"

"你认为他是有毒的了。"

"靠不住。"灵珍拍拍她的膝，"说老实话，那个邵卓生虽然有些傻呵呵，人倒是很好的。和你也交往了两三年了，你为什么不喜欢他？""他是绝缘体。""什么绝缘体？""不通电。"灵珍笑了笑，"不通电倒没什么关系，总比触电好！不通电了不起无光无热，触电却有生命危险！"

"宁可触电，我也受不了无光无热的生活！"

"你不要让幻想冲昏了头！"灵珍说，深思地转了转眼珠。"灵珊，快过耶诞节了，这事不影响我们的原定计划吧？假若你耶诞节不和我们一起过，我永远不原谅你！立嵩已经在中央订了位子，你和邵卓生，我和立嵩，和去年一样，我们该大乐一下！""你现在是千方百计，想把我和邵卓生拉在一起了？"灵珊问，"我记得，你曾经批评邵卓生是木字上面扛张嘴，写起来就是个'呆'字！""他最近进步不少！"灵珍慌忙说，"上次还买了一套唱片送小弟，张张是小弟爱听的！""小弟哪张唱片不爱听？"

"怎么没有？他一听交响乐就睡觉。"

"什么时候你成了拥邵派？"

"今晚开始！"

灵珊瞪着灵珍，叹了口长气："灵珍，韦鹏飞就那么可怕吗？"

"我不知道。"灵珍困惑地蹙起眉，"我只是觉得不妥当，他——和他那个坏脾气的女儿，反正都不妥当。灵珊，你听我的，我并不是要你和他绝交，只要你和他保持距离……"

"好，"灵珊咬咬牙，"我听你的！"

"那么，耶诞节怎么说？"

"有什么怎么说？也听你的！"

灵珍松了一口气，笑着抚摩灵珊的手背。

"这才是个好妹妹呢！"

灵珊看了灵珍一眼。"不要告诉爸爸妈妈。"她说。

"当然，"灵珍接话，"这是我们姐妹间的秘密，而且，说它干什么？我猜，三个月以后，这件事对你而言，就会变成过去，就像当初，阿江和我的事一样。"

灵珊丢下手里的指甲刀，站起身来，走到床边去，往床上一躺，她也望着天花板，心里却低低地说了句："那可不见得。"话是这么说，灵珊如果不受灵珍这番话的影响，几乎是不可能的。从小，灵珊和灵珍间就有种与生俱来的亲密和了解，灵珊对这个姐姐，不只爱，而且敬。对她所说的话，也都相当信服。因而，灵珍对韦鹏飞的那些批评，很快就深种到灵珊的内心去了，使她苦恼，使她不安，使她充满了矛盾和怀疑。这是个星期六的下午，灵珊又待在韦家。韦鹏飞近来几乎天天一下班就回家，他回绝了那些不必要的应酬，戒掉了去酒家的习惯，甚至，他在家里都难得喝一杯酒。他对灵珊说："让我为你重新活过！你不会喜欢一个醉醺醺的爱人，我想戒掉酒，我要永远清醒——来欣赏你的美好！"

爱人们的句子总是甜蜜的，总是温馨的，总是醉人的。灵珊在一种矛盾的痛楚中，去倾听这些言语，心里却反复地自问着："他是危险的吗？他是神秘的吗？他是不妥当的吗？"

这天午后，因为是星期六，灵珊没有课。韦鹏飞的工厂却在加班，他没回来，只和灵珊通了个电话："别离开我家，我在六点以前赶回来，请你吃晚饭！""今天是周末，"她说，"怎么知道我没别的约会？一定能和你一起吃晚饭？"他默然片刻，说："我不管你有没有约会，我反正六点以前赶回来，等不等我，都随你便！如果你不等我……""怎么呢？"她问。"我就不吃晚饭！"他撒赖地说，口气像楚楚。

他挂断了电话，她呆坐在那儿，发了好一会儿怔。心想，他倒是个厉害的角色，知道如何去攻入她最软弱的一环。叹口气，她望着楚楚，楚楚正在写功课，这孩子和她的父亲一样，变了很多很多，虽然，偶尔她还是会大闹大叫地发脾气，但，大部分时间，她都乖巧而顺从，尤其是在灵珊面前。

"阿姨，我的铅笔断啦！"楚楚说。

"铅笔刀呢？"灵珊打开她的铅笔盒，找不到刀。

"不见哩！"

"你总是弄丢东西！阿香呢？去叫阿香找把铅笔刀来！去！"

"阿香买面包去哩！"

"哦。"她站起身来，想找把铅笔刀。

"爸爸书房里有。"灵珊走进了韦鹏飞的书房，她几乎没有来过这个房间，房子不大，靠窗放着一张很大的书桌，桌上有笔筒、便条笺、镇尺、订书机……靠墙有一排书架，里面陈列的大部分都是些锻造方面的工具书，她好奇地看了一眼，居然也有好多文学书籍，都是些小说：有纪德全套的作品，有屠格涅夫的，还有海明威和雷马克的。她走到书桌前面，在笔筒里找到了铅笔刀，正要退出这间书房，脑子里猛然响起灵珍的话："你对他了解多少？又认识多少？"

她回到书桌前面，带着些犯罪感，轻轻地拉开了书桌中间的抽屉，里面零乱地放着些图表、名片、回纹针、三角尺、仪器盒等杂物，她翻了翻，什么引人注意的东西都没有。她再拉开书桌旁边的抽屉，那儿有一排四个抽屉，第一个抽屉里全是各种"扳手设计图"，什么"活动扳手""水管扳手"

"混合扳手"……看得她眼花缭乱。她打开第二个抽屉，全是"套筒设计图"，索然无味，再打开第三个抽屉，竟是"钳子设计图"！心想，这个韦鹏飞并没有什么难以了解之处，他不过是个高等"打铁匠"而已，专门制造各种铁器！想着，她就不自禁微笑起来。

转过身子，她预备出去了，可是，出于下意识作用，她又掉转头来，打开了那最后一个抽屉，一眼看去，这里面竟然没有一张图解，而是满满的书信和记事簿。她呆了呆，真找到自己想找的东西，却没有勇气去翻阅了。呆站在那儿，她犹豫了大约十秒钟，终于，她伸手去翻了翻信封，心想，我只要看看信封，这一看，才知道都是韦鹏飞的家书，看样子，是他的父母写来的，封面都写着"高雄韦寄"。按捺不住心中的好奇，她随便拿了一封，抽出信笺，一手漂亮的毛笔字，写着：

鹏飞吾儿：

接儿十八日来函，知道诸事顺利，工作情况良好，吾心甚慰。楚孙顽劣，仍需严加管教，勿以其失母故，而疏于教道也……

灵珊匆匆看下去，没有任何不妥之处，那父亲是相当慈祥而通情达理的。她把信笺放回信封中，再把信封归还原处，心里一片坦然与宽慰。顺手，她再翻了翻那沓记事簿，忽然，有一本绑着丝带的册子，吸引了她的注意力，她拿起册子，封面上，是鹏飞的笔迹，写着：

爱桐杂记

爱桐？这是他太太的名字了？是她的日记？杂记？为什么封面竟是韦鹏飞的笔迹？她不由自主，就在书桌前面坐了下来，打开第一页，她看到几行题字：

黄菊开时伤聚散。曾记花前，共说深深愿。重见金英人未见。相思一夜天涯远。

罗带同心闲结遍。带易成双，人恨成双晚。欲写彩笺书别怨。泪痕早已先书满。

她怔怔地看着这几行字，和封面一样，是鹏飞的笔迹，想必，他写下这几行字的时候，心一定在滴血了？"欲写粉笺书别怨，泪痕早已先书满！"那么，这是她死了之后，他题上去的了？她觉得心中掠过了一阵又酸又涩的情绪，怎么？自己竟和一个死人在吃醋？她想起灵珍的话："世界上没有一个女人，能去和死人争宠！"

她抽口气，翻过了这一页。发现下面是一些片段的杂记，既非日记，也非书信，显然是些零碎的记录和杂感，写着：

初认识欣桐，总惑于她那两道眼波，从没看过眼睛比她更媚的女孩。她每次对我一笑，我就魂不守舍，古人有所谓眼波欲流，她的眼睛可当之而无愧，至于"一笑倾人城，再笑倾人国"更非夸张之语了。我常忘记她的年龄，一天，我对她说：

"欣桐，要等你长大，太累了。"她居然回答："那么，不要等，我今天就嫁你！"

那年，她才十五岁。欣桐喜欢音乐，喜欢怀抱吉他，扣弦而歌。她的嗓音柔美动人，声音微哑而略带磁性。有天，她说："我要为你作一支歌！"我雀跃三丈，简直得意忘形。她作了，连弹带唱给我听，那歌词竟是这样的：

"我认识一个傻瓜，他长得又高又大，他不会说甜言蜜语，见了我就痴痴傻傻！他说我像朵朝霞，自己是一只蛤蟆，我对他微微一笑，蛤蟆也成了哑巴！"

欣桐就是这样的，她风趣潇洒快活，才华横溢，即使是打趣之作，也妙不可言。如今她已离我而去，我再也求不到人来对我唱："蛤蟆也成了哑巴！"人生之至悲，生离死别而已矣。

灵珊猛然把册子合了起来，觉得心跳急促，泪水盈眶，她想起他也曾对她自比为"癞蛤蟆"，原来这竟是他的拿手好戏！但是，真正使她心痛的，还不是这件事，而是他对"欣桐"的一片痴情，看样子，自己和欣桐来比，大概在他心里，不到欣桐的百分之一！欣桐，她忽然困惑地皱皱眉，为什么封面是"爱桐"，而里面是"欣桐"？是了！她心中灵光一闪，恍然大悟。徐志摩有《爱眉小札》《爱眉日记》，韦鹏飞就有《爱桐杂记》！欣桐是她的名字，爱桐是他的情绪！情深至此，灵珊还有什么地位？她把册子丢入抽屉中，站起身来想走，但是，毕竟不甘心，她再拿起来，又翻了一页。

欣桐喜欢穿软绸质料的衣服，尤其偏爱白色，夏天，她常穿着一袭白绸衣，宽宽松松的，她只在腰上系根带子，她纤细修长，就这样随便装束，也是风姿楚楚。我每次握着她柔若无骨的小手，就想起前人的诗句：

冰肌玉骨，自清凉无汗。

传言这句子是后蜀孟昶为花蕊夫人而作，料想欣桐与当年的花蕊夫人相比，一定有过之而无不及。每年冬天，欣桐丝毫都不怕冷，她不喜欢穿大衣，嫌大衣臃肿，一件白毛衣，一条薄呢裙子，就是她最寒冷天气的装束。走在街上，她哈口气，就成一股白雾，她开心地笑着说："鹏飞，你爱我，就把这雾气抓住！"

我真的伸手去抓，她笑着滚倒在我怀里，双手抱着我的腰，她揉着我叫："你是傻瓜中的傻瓜！是我最最可爱的傻瓜！"今夕何夕？我真愿重作傻瓜，只要欣桐归来！今生今世，再也不会有第二个女人，让我像对欣桐那样动心了，永不可能！因为，上帝只造了一个欣桐！唯一仅有的一个欣桐！

　　灵珊再也没有勇气看下去，把册子丢进抽屉里，她砰然一声合上抽屉，就转身直冲到客厅里。她视线模糊，满眼眶都是泪水。楚楚仰着头，愉快地喊："阿姨，你找到铅笔刀了吗？"

　　"等阿香回来帮你削！"她含糊地叫了一声，就咬紧牙关，冲出韦家。闭了闭眼睛她竟止不住泪如泉涌，用手拭去了泪痕，在这一瞬间，她才了解什么叫"嫉妒"，什么叫"伤心"，什么叫"痛苦"，什么叫"心碎"！

　　直接回到了家里，她立即拨了一个电话给邵卓生，含着泪，她却清清楚楚地说："来接我，我们一起去吃晚饭！"

第八章

　　其实，邵卓生这人并不笨，反应也不算迟钝。只因为灵珊不喜欢他，难免处处去夸张他的缺点。事实上，邵卓生个子瘦高，眉目清秀而轮廓很深，以外形论，他几乎称得上漂亮。灵珊就知道，在幼稚园的同事中，好几个未婚的女教员都对邵卓生感兴趣，还羡慕灵珊有这么一位"护花使者"。邵卓生最大的优点，在于有极高度的耐性。而且，他对于自己不懂得的事情，也知道如何保持"沉默"，以达到藏拙的目的。所以，和他同进同出，无论怎样，他并不让灵珊丢脸。

　　这晚，他们去银翼吃的饭，灵珊最爱吃银翼的豆沙小笼包，正像她爱吃"芝麻霜淇淋"一样，中国人对吃的艺术，已经到达了匪夷所思的地步。豆沙可以做小笼包，芝麻做霜淇淋，邵卓生说："我知道，你最爱吃特别的东西！你喜欢——"他挖空心思找成语，终于找到一句，"与众不同！"

　　"哼！"灵珊哼了一声，不予置评。

"你还想吃什么，我帮你点！"看灵珊脸色抑郁，他耐心地，讨好地说，"这家馆子，就是花样比较多！"

"叫他们给我做一个'清蒸癞蛤蟆'！"她说。"什么！"邵卓生吓了一跳，讷讷地说，"有……有这样一道菜吗？清蒸什么？""清蒸癞蛤蟆！"灵珊一本正经的。

邵卓生看看她，抓抓头，笑了："我知道了，你应该是说'清蒸樱桃'，或者是'清蒸田鸡'。要不然，你是想吃牛蛙？"

"不是，不是，"灵珊没好气地说，"我说的就是清蒸癞蛤蟆！"

邵卓生呆望着灵珊，默然沉思，忽然间福至心灵起来，他俯过身子去，低低地对灵珊说："你是不是在骂我？你要他们把我给清蒸了吗？"

灵珊愕然地瞪大眼睛，知道邵卓生完全拐错了弯，她就忍不住笑了，她这一笑，像拨乌云而见青天，邵卓生大喜之下，也傻傻地跟着她笑了，一面笑，一面多少有些伤了自尊，他半感叹地说："假若真能博你一笑，把我清蒸了也未始不可……"

"卓生！"她喊，心中老大不忍，她伸手按在他的手上，"你完全误会了，我怎么会骂你？我只是……只是……只是顺口胡说！"邵卓生被她这样一安抚，简直有些喜出望外。在这一刹那间，觉得即使当了癞蛤蟆，即使给清蒸了也没什么关系，他叹口气说："我觉得，我命里一定欠了你的！我妈说，人与人之间，都是欠了债的，不是我欠你，就是你欠我！"

灵珊真的出起神来了，看样子，邵卓生是欠了她的，而她呢？大概是欠了韦鹏飞的，韦鹏飞呢？或者是欠了那个欣桐的！欣桐……灵珊心中掠过一抹深深的痛楚。欣桐，她又欠了谁呢？欠了命运的？欠了死神的？如果欣桐不死，局面又会怎样？吃完饭，时间还早，她在各种矛盾苦恼和痛楚中，只想逃开安居大厦，逃得远远的。于是，她主动向邵卓生提出，他们不如去狄斯角听歌。邵卓生是意外中更加上意外，心想，准是一念之诚感动了天地，竟使灵珊忽然间温柔而亲密了起来。在狄斯角，他们坐了下来。这儿是一家改良式的歌厅，不像一般歌厅那样，排上一排排座位，这儿是用小桌子，如同夜总会一样。由于有夜总会的排场，又有歌厅的享受，兼取二者之长，这儿总是生意兴隆，高朋满座。灵珊是久闻这儿的大名，却从没有来过，所以，坐在那儿，她倒也认真享受着，认真听着那些歌星唱歌。只是，在心底，一直有那么一根细细的线，在抽动着她的心脏，每一抽，她就痛一痛。歌星轮流出场退场，她脑中的一幅画面也越来越清晰：韦鹏飞沉坐在那冷涩的、幽暗的房间里燃着一支烟，满屋子里雾腾腾的，他只是沉坐着，沉坐着……

一位"玉女歌星"出场了，拿着麦克风，她婉转而忧郁地唱着一支歌："见也不容易，别也不容易，相对两无言，泪洒相思地！聚也不容易，散也不容易，聚散难预期，魂牵梦也系！问天天不应，问地地不语，寄语多情人，莫为多情戏……"灵珊心中陡地一动，她呆呆地注视着那个歌星，很年轻，大约只有二十岁，身材修长，长发中分，面型非常秀丽，有些面熟，八成是在电视上见过。穿着件白色曳地长裙，飘然有林下风致。她对这歌星并没什么兴趣，只是那歌词却深深感动了她。用手托着下巴，她怔怔地望着那歌星发呆。下意识地捕捉着那歌词的最后几句：

"春来无消息，春去无痕迹，寄语多情人，花开当珍惜！"她再震动了一下，"花开当珍惜！"她珍惜了什么？她竟在和一朵早已凋零的花吃醋呵！转头望着邵卓生，她说："几点钟了？"邵卓生看看表："快十二点了。"她直跳起来："我要回家！太晚了。"

邵卓生并不挽留，顺从地站起身来，结了账，跟她走出了歌厅。她垂着头，始终沉思着，始终默默不语，始终双眉微蹙而心神不定。到了安居大厦门口，她才惊觉过来，对邵卓生匆匆抛下了一句："再见！"她转身就冲进了电梯，按了四楼的键，她站在电梯中，心里模糊地对邵卓生有些抱歉。可是，这抱歉只是一缕淡淡的薄雾，片刻就消失得无影无踪。然后，心中那抹渴切的感觉就如火焰般烧灼着她，在这一片火焰的烧炙里，她耳边一直荡漾着那歌星的句子："问天天不应，问地地不语，寄语多情人，莫为多情戏！春来无消息，春去无痕迹，寄语多情人，花开当珍惜！"电梯的门开了，她跨出来，站在那儿，她看看四 D 的大门，再看看四 A 的，两扇门都合着。她心里有片刻的交战，理智是走往四 D，感情是走往四 A，而她的脚——却是属于感情的。她停在四 A 门口，靠在门框上，伫立良久，才鼓起勇气来，伸手按了门铃。门开了，韦鹏飞站在那儿，和她面面相对。他的脸色发青而眼神阴郁，看到门外的她，她似乎微微一震，就直挺挺地站在那儿，一动也不动了。"你——"她的嘴唇翕动着，声音软弱而无力，"你不请我进去坐坐吗？"他无言地让开了身子。

她走了进去，听到他把门关上了。回过头来，她望着他，他并不看她，却径自走到酒柜边，倒了一杯酒，她看看那酒瓶和酒杯，知道这绝不是他今晚的第一杯，可能是第五杯，第十杯，甚至第二十杯！"你又在酗酒了。"她轻叹地说。

他不理她，啜了一口酒，端着酒杯走到沙发边来，坐进了沙发里，摇动酒杯，凝视着杯子里那浅褐色的液体，冷冷地说了句："玩得开心吗？"她在他对面坐下来。"我并不是成心要失约……"她轻声地、无力地开了口，"是因为……因为一个意外……"他把杯子重重地往桌上一顿，酒从杯口溢了出来，流在桌子上，他抬眼看她，眼神凌厉而恼怒。"不要解释！"他大声说，"我知道我今天的地位，我清楚得很！你寂寞的时候，拿我来填补你的空虚，你欢乐的时候，把我冷冻在冰箱里！我是你许许多多男朋友中的一个，最不重要的一个！在你内心深处，你轻视我，你看不起我，你把我当玩具，当消遣品……"她张大了眼睛惊愕地瞪视着他，一眨也不眨地瞪视着他。心里那根始终在抽动的细线，就一点一点地抽紧，抽得她的心脏痉挛了起来，抽得她浑身每根纤维都紧张而痛楚。她讷讷地，口齿不清地说："不，不，不是这样的！你听我说，不像你所想的，我绝不会，也不可能把你当玩具……"

"不要解释，我不听解释！"他怒吼着，一口干了杯中的酒，"你知道吗？今天工厂里在加班，五百个工人在赶工！有个高周波炉出了毛病，我带着好几个工程师抢修那炉子，因为惦记着你，因为要赶到六点钟以前回来，我差点触电被电死！到了五点钟，炉子没修好，业务处说，如果这批货不能如期赶出来，要罚一百万美金！我告诉他们说，分期付款扣我的薪水吧，我六点钟有比生命还重要的事！于是，丢下高周波炉，丢下工厂，丢下五百个赶工的工人……我飞车回家，一路超速，开到时速八十，我到了家，五点五十八分整！楚楚告诉我，阿姨走啦，早就走了！我叫阿香去问翠莲，说是，我们二小姐和扫帚星出去玩了，不到深更半夜，不会回来！"他喘了口气，盯着她："玩得愉快吗？很愉快吗？心里一点牵挂都没有吗？为什么还要来按我的门铃？你玩得不尽兴吗？需要我再来填补你剩余的时间吗？"

她凝视他，一时间，心里像打翻了一锅沸油，烧灼、疼痛而又满心都热烘烘的。她竟目瞪口呆，不知道该说什么，或该做什么。他站起身子，冲到酒柜边，他把整瓶酒拿了过来。她立即用手按住杯口，瞪着他，拼命摇头："你不能再喝了，你已经喝得太多了！"

"关你什么事？""怎么不关我的事？"她眼里蒙上了一层泪雾，视线完全变得模糊，"你喝酒，只是为了和我怄气，你用糟蹋自己来跟我怄气，你妄下断语，自以为聪明，你甚至不问我，为什么不等你？为什么要出去？"

"我何必问？"他挑起了眉毛，"我被人冷落到这种地步，难道还不够？还要多问几句来自讨没趣吗？"他用力从她手底去抢那杯子。"给我！""不！"她固执地，用力抓住了杯口。"听我解释，你一定要听我……""我不听！"他涨红了脸，怒声大叫，酒气在他胸中翻涌，"我以前等过一个女孩子……""从她十五岁等起，等她长大……"灵珊再也控制不住自己，她的声音发颤，喉咙发哽，胸中发痛，她重重地呼吸，胸腔不稳定地起伏着："一等就等了好多年，而今晚，你没有耐心去等几小时？""哦？"他的眉毛挑得更高，怒火燃烧在他眼睛里："你是有意的？有意让我等？有意折磨我？你以为你和她一样……""我当然不如她！"她叫了起来，"我用哪一点去和她比，既不像花蕊夫人，更没有冰肌玉骨！既不会弹吉他，也不会写什么大傻瓜的歌……""你……"他的脸色一下子变得惨白，"你……你怎么知道？怎么……知道？""爱桐杂记！"她冲口而出，"既然天下只有一个欣桐，既然爱她爱得刻骨铭心，何必又三心二意，再去找补上一个刘灵珊？你就该殉情殉到底了，你就该把你所有的感情，整个陪葬给她……""灵珊！"他白着脸大叫，"住口！"

"你怕听吗？你越怕听，我越要说！"她仰起了下巴，挺起了胸，大声地说，"欣桐！她是人间的仙子，她爱穿白衣服，夏天清凉无汗，冬天哈气成霜……你再也不会爱一个女人，像爱欣桐那样！上帝只造了一个欣桐，你心里也只有一个欣桐……"她越叫越响，手就下意识地握紧，忽然，"豁啷"一声，她发现手里的酒杯，被握成了粉碎，碎玻璃四散溅开，而她手上却一手的鲜血。她怔了，呆了，注视着手，那滴着血的手。她停止了吼叫，有一瞬间，心里没有思想，也没有意识。然后，她看到韦鹏飞一下子扑了过来，捉住了她的手，把好几片碎玻璃从她手掌上拿开，他抬眼看她，脸上毫无血色。

"别动！"他哑声说。奔进了浴室，他取出一条干净的白毛巾，把毛巾压在她手掌上，那毛巾迅速地变成了红色。他的脸更白了。"我送你去医院！"他说。

"不要小题大做。"她说，走向浴室。他跟了进来，打开柜子，取出绷带和药膏。她把毛巾拿开，把手送到水龙头底下，打开龙头，水冲着血液，一起流进水池里。她举起手来，看了看，伤口有好几条，很细，很长，很深。韦鹏飞站在她面前，他的眼光深深地，望进她的眼睛深处去，他眼里充满着惊痛、懊悔和怜惜。这眼光诉说出太多太多心灵的语言，诉说了太多太多深切的挚情。她的眼眶在一刹那间湿了，泪水疯狂地涌进了眼眶中，她扑进了他的怀里，把头埋在他的胸前。"我不好，"她喃喃地说，"我不再去和她比，只要……只要你心里有我，我不敢要求像她一样多，只要……只要有你对她的十分之一……"他用手托起她的下巴，吻去了她面颊上的泪痕，他的嘴唇干燥而发热，他的声音沙哑：

"你不懂，灵珊，你不知道……"他困难地、窒息地说，"你不懂，灵珊！你不要和她比……我……我……"他推开她，凝视她的眼睛。他的眼神深邃，眼白里布满了红丝："我说过，我要为你重活一遍！我是真心的，灵珊，真正真心的！让我告诉你……""别说！"她用手指按在他的唇上，慢慢地摇头，"别说！我一度很幼稚，很幼稚，我不会再幼稚了。"

　　他握住她那受伤的手，血又从伤口沁出来。他拿了消炎药膏，细心地为她搽抹，再用绷带把她的手掌牢牢绑紧，用胶布贴牢了，他看着那绑着绷带的手。忽然，他放开她，转过身子，把额头抵在橱上，他苦恼地说：

　　"灵珊，在你卷进我的生活里以前，我已经成了一具行尸走肉！我是个空壳，是个机器！我整天面对那些剪切机、加热炉，自己也成了机器的一部分！我以为我这一生，是不会再爱了。我写《爱桐杂记》的时候，也以为我这一生是不会再爱了。可是，你来了，带来了活力，带来了生命，带来了力量，你使我再活过来，再能呼吸，能思想，能希望。使我又有了梦，又有了歌。灵珊，你不能了解，你给了我些什么！你不能了解，当我飞车在高速公路上，要赶回来见你时，我的血液是怎样沸腾着，像高周波炉里烧熔了的铁浆！"

　　她拉住了他的手，用自己那受伤的手去握紧他，那粗糙的绷带碰到了他的皮肤，他抓住她，惊呼着："你干什么？当心你的伤口！"

　　"我需要痛一痛，让我弄弄清楚，我听到的话是真的，还是假的？我要弄明白，我是不是很清醒？"

　　他的眼眶发红："灵珊，你——你——好傻！"他把她一把抱起来，抱进客厅，放在沙发上，让她横躺在沙发里，他跪在她身边，检视着她的手。还好，血是止住了，绷带是干的。他捧着那手，眼睛不敢看她，他把嘴唇轻轻地贴在她的绷带上。"每一个人都有过去，"他低语，"如果你这么介意的话，躺在这儿，别动！""你要干吗？"她问。"躺着！别动！"

他站起身来，走进屋子里面去。她不知道他要做什么，只是狐疑地躺着。一会儿，他出来了，手里握着那本《爱桐杂记》。走到她身边，他掏出打火机，打着了火，把册子放在火焰上。她惊叫一声，立即伸出手来，一把抢过那本册子，说："烧得掉这本册子，也烧不掉你的过去！不许烧，我要它！"他盯着她："你整个看过？""没有，只看了两页。""那么，我还是烧掉得好。"她握紧册子，抱在怀中。

"不！不许烧。"她深深地注视他，语重而心长，"人，不能忘旧，假若你能很容易地烧掉欣桐，说不定有一天，也很容易就烧掉灵珊。你不能烧它，留下来，最起码，为了——楚楚。"他怔怔地凝视她。"为了楚楚，"她重复了一句，"她有权该知道，她有个多么美好的母亲！"他更加发怔了，凝视着她，他一动也不动，像是被什么魔杖点过，整个人都成了化石。

第九章

耶诞节一转眼就来了。

晚上，在卧室里，灵珊和灵珍都在为耶诞舞会化妆，灵珊一面戴上耳环，一面用半商量半肯定的语气说："姐，我十二点以前一定要赶回来！""中央酒店也只开到十二点，"灵珍说，换上一件粉红色的长礼服，站到灵珊面前，让她帮她拉拉链，系带子，"但是，你如此坚持要在十二点以前回来，大概不是要回四D，而是要去四A吧！""姐姐！"灵珊叫，拿起桌上的发刷，胡乱地刷着头发，"你知道，我今晚去中央，实在是有些勉强……"

"你不用说，我完全了解！"灵珍打断她，"你是逼不得已！在你心里，大概很后悔那么早就答应了这个约会！我保管等会儿跳舞的时候，你一定也会魂不守舍。你人在中央，心也会在四A！"

"姐！"灵珊轻叹了一声，"想想看吧，当我们在歌声舞影中又笑又叫的时候，有人正独坐房里……"她没说下去，眼前已浮起韦鹏飞一杯在握，独自品茗着他那份寂寞的神态。她再叹口气："反正我十二点以前要赶回来，我答应他了！"灵珍看了她一眼："赶不赶回来是你的事，我才管不了那么多！但是，灵珊，你要弄清楚，别把同情和爱情混为一谈！"

"我们最好别谈这问题！"灵珊烦躁地说。"也没时间谈了，立嵩和扫帚星准在客厅里发毛了。"灵珍往门口走，忽然又站住了，"灵珊，你答应过我不对他认真，但是，你已经认真了！""我没答应过你什么，"灵珊说，"在我想不认真的时候，我就早已认真了。姐，让我坦白告诉你吧……"她睁大了眼睛，面颊红艳艳的，眼睛水汪汪的："你不用再费心拉拢我和扫帚星，没用了！真的没用了！我对韦鹏飞早已……早已是无可救药了！""灵珊！"灵珍扑过来，握住灵珊的手，那手上还贴着橡皮膏，几天前受的伤至今未愈，"你别昏头，你才二十二岁！""怎样呢？他也不过才二十九岁！""不是他的年龄问题，你想想看，二十二岁当后母，是不是太年轻了！""只要楚楚能接受我……"灵珊的话没有说完，门外传来一阵敲门声，打断了她们姐妹间的谈话，张立嵩在外面直着脖子叫：

"两位小姐，今晚的座位有多贵，你们知道吗？再这样慢慢梳妆呵，把大好光阴就都耗掉了。你们难道不晓得一寸光阴一寸金吗？""来了！来了！"灵珍说，打开了房门，张立嵩正嬉皮笑脸地站在门外。"快走吧！"张立嵩说，"再晚一点，连计程车都叫不到了。"

灵珊无可奈何地站起身来，走到客厅里。刘思谦和刘太太都笑嘻嘻地站在那儿，望着自己的一双女儿。灵珍今天穿的是一套粉红色的衣服，灵珊却是一套鹅黄色的，两人都没穿大衣，灵珍拿着一条白色狐皮斗篷，灵珊却只用了条黑色掺金线的网形长披肩，两人并肩而立，真是人比花娇！刘太太笑得合不拢嘴，再看张立嵩和邵卓生，一个潇洒自如，另一个挺拔英俊，如果有这样一对女婿，倒也不枉生了这对女儿！她一直送到大门口来，善解人意地一再叮咛：

"玩久一点没关系，我知道耶诞节不过是给你们年轻人一个玩的借口，要玩就要尽兴，别记挂家里，妈妈不是老古板，回家晚了不会罚跪！""伯母，"张立嵩笑着说，"就是会罚跪，今晚也早不了，我们预备舞会散了之后，再去一个朋友家里闹个通宵！"

灵珊看了灵珍一眼，拉拉她的衣裾。"姐！"她低叫。"别急！"灵珍在她耳边说，"脚在你自己身上！"

走进电梯，灵珊下意识看看四A的大门，门紧合着，门缝里透出了灯光。一时间，她真想跨出电梯，就这么留下来，管他什么耶诞节！管他什么中央酒店！管他什么订位没订位！管他什么扫帚星！可是，再看看灵珍，她知道人生有很多面子问题，你不能不顾全！今晚如果不去中央酒店，非大伤姐妹感情不可！

带着一千万种无可奈何，她跟着邵卓生他们走进了中央夜总会。一阵人潮和一阵喧嚣就像海浪般吞噬了她。每到耶诞节，她就会怀疑台北怎会有这么多人，而人人都会挤到夜总会里来！大厅中比平日多加了无数的桌子，依然有许多人在订位处争吵，他们从人群中挨挨擦擦地挤过去，好不容易才找到自己的座位，坐了下来，灵珊已经挤得一头一身的汗。

邵卓生拿了许多纸帽子、卷纸和无数五颜六色的纸带，分给大家。灵珊对舞池望去，黑压压的一片人海，乐队在奏着喧嚣的音乐，有个男歌星在台上半吼叫地唱着"美丽的星期天"。舞池里人头攒动，大家随着音乐的节拍翩翩起舞，许多不跳舞的客人也都鼓着掌打拍子，空气里洋溢着一片青春与欢乐的气息，更多的人在附和着那歌星，大唱"美丽的星期天"。一曲既终，大家就欢呼着把纸帽子和彩色纸条扔得满天飞。灵珊微笑了起来。这种狂欢的气氛是具有感染性的，灵珍已和张立嵩挤进舞池里，和那些狂欢的人群一同起舞。邵卓生不甘寂寞，戴着顶尖尖的高帽子，他拉着灵珊也挤进了舞池，灵珊看着他，本来个子高，再戴顶高帽子，更显得"鹤立鸡群"，灵珊一面舞动，一面暗中寻思，这扫帚星，穿上了礼服，外表还真很"唬"人呢！

一支曲子完了，一支又起。人越来越多，舞步也就越来越滑不开了。邵卓生挤着灵珊，只能随着人群"晃动"，算是"跳舞"。灵珊放眼望去，灵珍已在人群中失去踪迹。到处都是人头攒动，到处都是笑语喧哗，到处都是歌声人声……全台北都在欢笑里，全台北都在歌舞里，此时此刻，是不是也有人——斯人独憔悴？"灵珊！"邵卓生在她耳边吼，乐队的声音实在太响，她简直听不见。"什么？"她大叫着问。

"你姐姐碰到熟人了！"

"在哪儿？"她踮着脚，看不到。

"他们回到位子上去了。"

"我们也回去吧！"她叫着，"我已经一身大汗了，腿也跳酸了。"

"我舍不得过去。"他叫。

"为什么？"

"要杀出重围，等下再杀过来就不容易了。"

"我非回位子上去不可，我口干了！"

"我给你叫杯香槟！"

"你说什么？"她听不见。

"香槟！你要不要喝香槟？庆祝我们认识三周年！"

"三周年？我们已经认识三周年了吗？"

"怎么不是？三年前，也是圣诞舞会上认识的。"

"奇怪。"她低语。

"你说什么？"他弯腰去听她，一面带着她从人山人海中名副其实地"杀出去"。

"我说奇怪。"

"奇怪什么？"

"认识了三年之久，怎么还不如认识三个月的？可见，人与人之间的认识，仅仅靠时间是不够的，有时，一刹那间的沟通，胜过了数十年的交往。"她自言自语。

"你在说什么？我一个字也听不见。"邵卓生在她耳边吼。

"你不需要听见！"她高叫，"我说给我自己听！"

他们好不容易挤回了座位上，一眼看到，另一张桌子和他们的拼了起来。灵珍正兴高采烈地和另外两对青年男女谈笑，那两对青年男女大约来晚了，实在没位子，就和他们拼在一起。看到灵珊和邵卓生过来，灵珍回头对灵珊说："记得吗？这是阿江。"

灵珊看过去，一个黑黑壮壮的年轻人，嘴里衔着一支烟，果然是阿江！许多年不见，他还是带着几分流气，眉目之间，却比以前成熟多了，他怀中拥着一个圆圆脸，长得很漂亮的少女，那少女戴着假睫毛，妆化得十分浓艳，穿着件低领口的衣服，一看而知是个半风尘的女孩。阿江介绍说："灵珊，这是我的未婚妻，我叫她小红豆，你也叫她小红豆就可以了！""阿江，"灵珍笑着喊，"哪有这样介绍的？"

"怎么没有？"阿江笑着，"你越来越道学气！今晚咱们遇上了，彼此介绍一番，明天，就你走你的阳关道，我过我的独木桥，谁也不再记得谁了。要介绍得一清二楚干什么？"他再指着身边的一对年轻人，对灵珊说："这是陆超和阿裴。"

灵珊笑笑，在位子上坐下来。心想，灵珍这个耶诞节可热闹了，旧情人见面，不知心里有何感触！一面，她对那个陆超和阿裴点了点头。陆超？这名字似乎听过，但，这个姓和这名字原就很普通！她再看了一眼陆超，心里忽然一愣，这年轻人好面熟，他并不漂亮，却有张非常吸引人的脸孔。那陆超满头浓密而微卷的头发，浓黑的眉毛下是对深邃而若有所思的眸子，那下巴的轮廓和那嘴型，都非常非常熟悉。忽然，她明白过来，他长得像电影明星尤蒙顿，不漂亮，却有气质！连他那满不在乎和忧郁的神情都像尤蒙顿。她打量完了陆超，就转眼去看阿裴，这一看，她是真的怔住了。

如果说陆超有些面熟，这阿裴就更加面熟了，只是，挖空心思，她也想不出阿裴像什么电影明星。她斜靠在椅子里，眼光迷迷蒙蒙的。双眼皮，小嘴巴，白皙而细腻的皮肤，瘦削而动人的小尖下巴。除了淡淡地搽了点口红之外，她几乎没有化妆，整个脸都是干净而清灵的。和那个小红豆一比，她飘逸出群，竟像个不食人间烟火的仙子！怎么？灵珊有些儿心思恍惚，今夕何夕？居然有这么多出类拔萃的人物，都聚集一堂了。"灵珊！"邵卓生在她耳边叫，"你的香槟！"

她一惊，这呆子真的叫了香槟来了。不止一杯，他拿着整整一瓶。她接过杯子，周围的人声、音乐声、笑声，酒味、香水味、汗味……都弄得她头昏昏的，她啜了一口酒，又啜了一口。心里隐隐觉得有些不对劲，却不知道什么地方不对劲。"陆超，阿裴，"阿江叫，"你们不跳舞，我可要去跳舞了！"

陆超没有说话，只不耐烦地挥挥手。阿江就拉着小红豆挤进了舞池。同时，张立嵩也拖着灵珍去跳舞了。阿裴从手边的一个银色小手袋中取出一支烟，和一个小小的银色打火机，点燃了烟，她深吸了一口，喷出了烟雾，她的眼睛更加迷迷蒙蒙了。她抬眼去望陆超，眼光柔柔的，媚媚的，含情脉脉的。陆超斜睋了她一眼，什么话都没说，她就把自己手里的香烟，递进他嘴里。他衔了烟，自顾自地喷着，眼光望着舞池里的人潮。阿裴再点了支烟，她抽着，眼睛在烟雾下迷离若梦。灵珊目不转睛地看着她，像中了邪一样，只觉得她一举一动，无不柔到极处，媚到极处。别的女人抽烟，总给灵珊一种不很高贵的感觉，但是阿裴抽烟，却充满了诗情画意，好像那烟的本身都和她的人糅为一体，她就是那缕轻烟，飘飘袅袅的，若有若无的。"灵珊！跳舞吗?"邵卓生吼。

"不。"她大声说，啜着香槟，目光仍然停留在阿裴脸上，"阿裴，要香槟吗?"她问。

阿裴看她，对她淡淡一笑。邵卓生立刻递了个杯子给阿裴，注满杯子，邵卓生解释着："今晚是我和灵珊认识三周年！"

阿裴对灵珊举杯，拿杯子和灵珊的杯子轻碰了一下，她浅浅微笑，柔声说："庆祝三周年！"她的声音不大，但是，那样轻柔而富于磁性，竟然压住了满厅的人声、歌声、音乐声。灵珊脑中闪过了一道光芒，她紧盯着阿裴。阿裴穿了件银灰色的软绸衣服，宽宽的袖口，她一举杯，那袖口就滑到肘际，露出一截白皙的胳臂。灵珊再啜了口香槟。"阿裴，我见过你！"她说。

"哦?"阿裴挑挑眉毛，丝毫也不意外，"在什么地方见过我?""几天之前，在狄斯角。"灵珊说，"你在唱一支歌，一支很好听很好听的歌。"阿裴喷出一口烟来，微微一笑："是的，我在那儿唱了一星期。""今晚你不唱吗?""不唱！"她简单地说，"陆超不唱，我也不唱！""哦！"灵珊惊愕地望向陆超，原来他也是个歌星? 陆超没有看她们，似乎对她们的谈话根本没听到，他的眼睛在舞池中搜索，神态有些寥落。

"你不知道陆超?"阿裴惊讶的，就好像在问，"你不知道尼克森?""我不太清楚，"灵珊颇以自己的孤陋寡闻为耻，

"我对娱乐圈一向不太熟悉。""他在野火合唱团当主唱。"阿裴说，"他也弹吉他，也打鼓，也会电子琴，他是多方面的天才。"

"哦！"灵珊再啜了口酒，对那"天才"望过去，天才没注意阿裴对他的赞许，天才满脸的不耐烦，天才心不在焉而神思不属。灵珊用手托着下巴，呆呆地出神，她不敢告诉阿裴，她甚至没听过什么"野火合唱团"。

阿裴一口干了杯中的酒，邵卓生立刻帮她再倒满，她抬眼看了邵卓生一眼，眼光也是柔柔的，媚媚的，她轻轻地说了句："你叫什么名字？""邵卓生。"邵卓生慌忙说，想起他们似乎都不称名字，而称外号，他就又傻里傻气地加了句，"不过，大家都叫我扫帚星！""扫帚星？"阿裴一怔，立刻灿然而笑，她的牙齿细细的，白白的。灵珊初次了解为什么有"齿如编贝"这句成语。她轻轻摇头，一头如柔丝一样的长发飘垂在耳际。"你知道你很'靓'吗？"她问。"靓？"邵卓生愣愣地望着她。

"广东人说靓，就是漂亮，"她熄灭了烟蒂，又一口干了杯中的酒，邵卓生再帮她注满，"我说靓，是说你很醒目，很吸引人。""哦？"邵卓生傻傻地张着嘴，被恭维得简直有些飘飘然，没喝什么酒，似乎已经醉了。

灵珊看看邵卓生，看看阿裴，再看看那个"天才"，她也一口干了自己的酒。邵卓生正望着阿裴出神，完全忽略了灵珊的空杯子。灵珊用杯子碰碰邵卓生手中的酒瓶，邵卓生恍如梦觉，慌忙给她注满。她小口小口地啜着，目光却无法离开那个奇异的阿裴。"是谁提议到这儿来的？"忽然间，陆超开了口，他居然能开口说话，使灵珊吓了一跳，阿裴立即望向他，伸过手去，她用她那白的胳臂，揽住了他的脖子。"是阿江。"她细声地说。

"你不觉得这儿又乱又吵又无聊吗？"陆超说，皱起了眉头，"音乐不成其音乐，歌唱不成其歌唱，跳舞的人全在挤沙丁鱼，这有什么意思？""是的，很没意思。"阿裴柔声说，把酒杯放在桌上。扑过去，她用手指轻轻抚摸陆超的眉心，她的眼光温柔如水地停驻在陆超的脸上，好像整个大厅里的人全不存在似的，她用那磁性的声音，不高不低，不疾不徐地说："你又皱眉头了！你又不开心了！如果你不喜欢这里，你说去哪里，我就去哪里！"陆超把她的手掰了下来，坐远了一点，不耐烦地说："大庭广众，别动手动脚。"

"是的。"她轻轻说，声音低得几乎听不见，她的身子瑟缩地往后退了退，眼珠上就蒙上了一层淡淡的泪影，举起桌上的酒杯，她一仰而干。邵卓生像个倒酒机器，马上就倒酒。灵珊注视着她，没忽略掉她眼角沁出的两滴泪珠。

"我宁愿去华国！"陆超说。"那么，我们就去华国！"阿裴说。"算了！"陆超烦躁地用手敲着桌子，"华国的情况也不会比这儿好！""或者……"阿裴小心翼翼地说，"我们可以去阿秋家，她们家里，今晚通宵舞会！"

陆超的眼睛立刻闪出了光彩，他兴奋地看了阿裴一眼，马上又皱起了眉："你不是真心要去阿秋家！"他咬咬嘴唇，"你在惺惺作态！我讨厌你这种试探的作风！"

"我是真心！"阿裴慌忙说，说得又快又急，"如果不是真心，我就被天打雷劈！只要你喜欢，你去哪儿，我就去哪儿……"她忽然停了口，怔怔地望着他，泪珠在睫毛上盈盈欲坠。"或者……"她更加小心地说，"你不喜欢我陪你去？你要一个人去？"陆超似乎震动了一下，他瞪了她一眼，粗声说："别傻了！要去，就一起去！"

阿裴长长地吐出一口气来，立刻满面堆欢，好像陆超给了她一个天大的恩惠似的，她笑着说："等阿江他们一回来，我们就走！这儿只到十二点，阿江他们也会高兴去阿秋家！""唔！"陆超哼了一声，又望向舞池里的人潮。

舞池里，人山人海，大家依然跳得又疯又狂又乐。台上，有个歌星在高唱"圣诞钟声"。

灵珊一个劲儿地喝酒，她觉得自己已经着了魔了，被这个阿裴弄得着魔了。她从没看过一个女人能对男友如此低声下气而又一片痴情，也从没看过比阿裴更女性化的女人。她的头昏昏的，虽然是香槟，依旧使她整个人都变得轻飘飘昏沉沉起来。她握着杯子，对阿裴举了举，又对陆超举了举，喃喃地念着："寄语多情人，花开当珍惜！"

阿裴触电般抬起头来，瞪着她。灵珊和她对望着，然后，阿裴微笑了起来，笑得凄凉，笑得美丽。天！灵珊心里想着：怎会有如此媚入骨髓的人物！

"你居然记得我的歌，"阿裴感动地、叹息地说，"我裴欣桐交了你这个朋友！我们一起去阿秋家！"

裴欣桐？灵珊正喝了一口酒，顿时间，整口酒都呛进了她的喉咙里，她大咳起来。咳得喘不过气，咳得眼泪汪汪的，她看看阿裴，不不，我醉了。她想着。醉得连话都听不清楚了，醉得连自己在什么地方都不知道了！她止住咳，抬眼凝视阿裴，问："你叫裴什么？""裴欣桐！"阿裴微笑着，"怎么，这名字很怪吗？这是我的本名，唱歌的时候，我叫裴裴。"

灵珊摇了摇头，又甩了甩头，不行！真的醉了，她想，是真的醉了，她眼前已经浮起好多个阿裴的脸，像水里的倒影，摇摇晃晃的。也像电视里的叠映镜头，同一张脸孔，四五个形象，出现在一个画面里，她讷讷地，喃喃地，口齿不清地说："你叫裴欣桐，欢欣的欣，梧桐的桐。"

"你怎么知道？"阿裴说，"一般人都以为，我的名字是心彤，心灵的心，彤云的彤？"

"哦，"灵珊恍惚地说，"你的名字是心灵的心？彤云的彤？"

"不，是欢欣的欣，梧桐的桐。"

灵珊倒向邵卓生怀里，傻笑着。

"扫帚星，你扶好我，"她把头埋在他衣服里，一直痴痴地笑，"我醉了。醉得以为死人都可以活过来了！我醉了，真——醉了。"

第十章

接下来的一切，是无数混乱的、缤纷的、零乱的、五颜六色的影子在重叠，在堆积。灵珊是醉了，但，并没有醉得人事不知。记忆中，她变得好爱笑，一直扑在邵卓生的身上笑。记忆中，她变得好爱说话，不停地在和那个阿裴说话。然后，他们似乎都离开了中央，她记得，邵卓生拼命拉着她喊："你不要去，灵珊，我送你回家！"

"不，不，我不回家！"她喊着，叫着，嚷着。她不能离开那个阿裴，所有朦胧的、模糊的意志里，紧跟着这个阿裴似乎是最重要的一件事。于是，他们好像到了另外一个地方，一栋私人的豪华住宅里。那儿有好多年轻人，有歌，有舞，有烟，有酒。她抽了烟，也喝了酒，她跳舞，不停地跳舞，和好多陌生的脸孔跳舞。下意识里，仍然在紧追着那个阿裴。

"阿裴，"她似乎问过，"你今年十几岁？你看起来好小好小。""我不小，我已经二十五了。""你绝对没有二十五！"

她生气了，恼怒地叫着，"你顶多二十岁！""二十五！"阿裴一本正经的，"二十五就是二十五！瞒年龄是件愚蠢的事！"二十五岁？她怎么可以有二十五岁？灵珊端着酒杯，一仰而尽，这不是那酸酸甜甜的香槟了，这酒好辛好辣，热烘烘地直冲到她胃里去，把她整个人都燃烧了起来。耳边，邵卓生直在那儿叹气，不停地叹气："灵珊！你今晚怎么了？你不能再喝酒了，你已经醉了。灵珊，回家去吧……""扫帚星，"她摇摇晃晃地在说，"这么多女孩子，你怎么不去找？为什么要黏住我？""我对你有责任。""责任？"她大笑，把头埋在他怀中，笑得喘不过气来，"不，不，扫帚星，这年头的人，谁与谁之间都没有责任。只有债务！""债务？灵珊，你在说什么？"

"你说过的，每个人都欠了别人的债！"她又笑，"你去玩去！去追女孩子去！我不要你欠我，我也不想欠别人！你去！你去！你去！"邵卓生大概并没有离去，模糊中，他还是围绕着她转。模糊中，那宴会里有个女主人，大家叫她阿秋。阿秋可能是个有名的电影明星或歌星，她穿着一件紧身的、金色的衣服，款摆腰肢，像一条金蛇。那金蛇不断地在人群中穿梭、扭动，闪耀得灵珊眼花缭乱。眼花缭乱，是的，灵珊是越来越眼花缭乱了，她记得那儿有鼓有电子琴有乐队。她记得陆超后来奔上去，把全乐队的人都赶走，他在那儿又唱又打鼓又弹琴，一个人在乐器中奔跑着表演。她记得全体的人都呆了，静下来看他唱独角戏。她记得到后来，陆超疯狂地打着鼓，那鼓声忽而如疾风骤雨，忽而如软雨叮咛，忽而如战鼓齐鸣，忽而又如细雨敲窗……最后，在一阵激烈的鼓声之后，陆超把鼓棒扔上了天空，所有的宾客爆发了一阵如雷的掌声，吆喝，喊叫，纸帽子和彩纸满天飞扬。然后，一条金蛇扑上去，缠住了陆超，吻着他的面颊，而另一条银蛇也扑上去，不，不，那不是银蛇，只是一阵银色的微风，轻吹着陆超，轻拥着陆超，当金蛇和陆超纠缠不清时，那银色的微风就悄然退下……怎么？微风不会有颜色吗？不，那阵微风确实有颜色。银灰色的！银灰色的微风，银灰色的女人，银灰色的阿裴！

银灰色的阿裴唱了一支歌，银灰色的阿裴再三叮咛：寄语多情人，莫为多情戏！那条金蛇也开始唱歌，陆超也唱，陆超和金蛇合唱，一来一往的，唱西洋歌曲，唱"夕阳照在我眼里，使我泪滴"；唱流行歌曲，唱"你的眼睛像月亮"；唱民谣，唱"李家溜溜的大姐，爱上溜溜的他哟"！

歌声、舞影、酒气、人语……灵珊的头脑越来越昏沉了，意志越来越不清了，神思越来越恍惚了。她只记得，自己喝了无数杯酒，最后，她扯着阿裴的衣袖，喃喃地说："你的眼睛像月亮！像月亮！"

"像月亮？"阿裴凝视着她，问，"像满月？半月？新月？眉月？上弦月？还是下弦月？"眼泪从月亮里滴了下来，她扑在沙发上哭泣："我是一个丑女人！丑女人！丑女人……"

"不，不，你不丑！"灵珊叽里咕噜地说着，舌头已经完全不听指挥，"冰肌玉骨，自清凉无汗！你像花蕊夫人，花蕊夫人怎么会丑？不，不，你不是花蕊夫人，你是她的灵魂！

灵魂！你相信死人能还魂吗？你相信吗？……"

　　她似乎还说了很多很多话，但是，她的意识终于完全模糊了，终于什么都不知道了。

　　醒来的时候，她躺在床上。脑子里，那些缤纷的影像：金蛇、银蛇、陆超、歌声、月亮、夕阳……都还在脑海里像车轮般旋转。可是，她的思想在逐渐清晰，微微张开眼睛只觉得灯光刺眼，而头痛欲裂。在她头上，有条冷毛巾压着，她再动了动，听到灵珍在说："她醒了。"灵珊勉强地睁开眼睛望着灵珍，灵珍的脸仍然像水里的倒影，晃晃悠悠的。"我在什么地方？"她模糊地问。

　　"家里。"是刘太太的声音。灵珊看过去，母亲坐在床沿上，正用冷毛巾冰着她的额头。刘太太满脸的担忧与责备，低声说："怎么会醉成这样子？你向来不喝酒的。虽然是耶诞节，也该有点分寸呀！""邵卓生真该死！"灵珍在骂。

　　灵珊看看灯光看看灵珍。"是邵卓生送我回来的吗？"她问。

　　"除了他还有谁？"灵珍说，"他说你发了疯，像喝水一样地喝酒！灵珊，你真糊涂，你怎么会跟阿江他们去玩？你知道，阿江那群朋友都不很正派，都是行为放浪而生活糜烂的！你看！仅仅一个晚上，你就醉成这副怪样子！"

　　灵珊望着灯沉思："现在几点钟？""二十五日晚上九点半！"灵珍说，"你是早上六点钟，被扫帚星送回来的！我看他也醉了，因为他叽里咕噜地说，你迷上了一个女孩子！"灵珊的眼睛睁大了。"那么，"她恍恍惚惚地说，"我并没有做梦，是有这样一个女孩，有这样一个疯狂的夜晚了！"

"你怎么了？"刘太太把毛巾翻了一面，"我看你还没有完全醒呢！""姐，"她凝神细想，"昨晚在中央，有没有一个阿裴？"

"你说阿江的朋友？我不知道她叫什么，我记不得了。我只知道我和立嵩跳完一支舞回来，你们都不见了。我还以为你们也去跳舞了呢，谁知等到中央打烊，你们还是没有影子，我才知道你们跟阿江一起走了。"她对灵珊点点头，"还说要十二点以前赶回来呢！早上六点钟才回来，又吐又唱，醉到现在！"灵珊凝视着灵珍，忽然从床上坐起来。

"我要出去一下。"刘太太伸手按住她："去哪儿？"刘太太问，"去四A吗？去韦家吗？"

"妈！"灵珊喊，头晕得整个房子都在打转，眼前金星乱迸，"你……你怎么知道？"她无力地问。

"有什么事你能瞒住一个母亲呢？"刘太太叹口气，紧盯着女儿，"何况，他下午来过了！"

"哦！"她大惊，瞪着母亲，"你们谈过了？"

"谈过了。"

"谈些什么？"刘太太看了她一眼，"没有什么。大家都是兜着圈子说话，他想知道你的情形，我告诉他，你疯了一夜，现在在睡觉。他的脸色很难看，坐了一会儿就走了。"灵珊用牙齿咬住嘴唇，默然发呆。半晌，她伸手把额上的毛巾拿下来，丢在桌上，她勉强地坐正身子，依旧摇摇晃晃的，她的脸色相当苍白。

“妈，”她清晰地说，“我必须过去一下。”

“灵珊，”刘太太微蹙着眉梢，“你要去，我无法阻止你，也不想阻止你。只是，现在已经很晚了，你的酒也没完全醒。要去，等明天再去！”“不行，妈妈！”她固执地说，“我非马上去不可！否则，我的酒永远不会醒！”“你在说些什么？”刘太太不懂地问。

“妈，求你！”灵珊祈求地望着母亲，脸上有种怪异的神色，像在发着热病，“我一定要去和他谈谈，我要弄清楚一件事！妈，你让我去吧！”“你站都站不稳，怎么去？”刘太太说。

“我站得稳，我站得稳！”灵珊慌忙说，从床上跨下地来，扶着桌子，她刚站起身，一阵晕眩就对她袭来，她的腿一软，差点摔下去，灵珍立即扶住了她。她摇摇头，胃里又猛地往上翻，她一把蒙住嘴，想吐。刘太太说：“你瞧！你瞧！你还是躺在那儿别动的好！”

灵珊好不容易止住了那阵恶心的感觉。“妈，”她坚决地说，“我一定要去，我非去不可，否则，我要死掉！”“灵珊！”刘太太叫。“妈，”灵珍插了进来，“你就让他们去谈谈吧！你越不让她去，她越牵肠挂肚，还不如让她去一下！”她看着灵珊：“我送你过去！只许你和他谈两小时，两小时以后我来接你！不过，你得先把睡衣换掉！”

灵珊点头。于是，刘太太只好认输，让灵珍帮着灵珊换衣服，穿上件浅蓝色的套头毛衣和一件牛仔裤。灵珊经过这一折腾，早已气喘吁吁而头痛欲裂，生怕母亲看出她的软弱而不放她过去，她勉强地硬挺着。灵珍牵着她的手，走到客厅，刘思谦愕然地说："你醉成那样子，不睡觉，起来干吗？""我已经好了！"她立刻说。"这么晚了，还出去？"

"我知道二姐的秘密！"灵武说，"整个晚上，翠莲和阿香忙得很！""翠莲和阿香？"刘思谦困惑地望着儿子，"什么意思？""什么意思？"刘太太走出来，叹口气说，"女儿大了，就是这个意思！"灵珊扯扯灵珍的衣袖，就逃难似的逃出了大门。灵珍扶着灵珊，走到四 A 的大门，按了门铃，开门的是韦鹏飞。灵珍把灵珊推了进去，简单明了地说："我妹妹坚持要和你谈一下，我把她交给你，两小时以后，我来接她！"说完，她掉转身子就走了。

灵珊斜靠在墙上，头发半遮着面颊。她依然头昏而反胃，依然四肢软弱无力。韦鹏飞关上房门，深深地看了她一眼，就一语不发地把她横抱起来，她躺在他胳膊上，头发往后披泻，就露出了那张清灵秀气，略显苍白的脸孔，她的眼珠黑幽幽地闪着光，黑幽幽地瞪视着他。

"为什么？"他低问，"阿香说你喝醉了，醉得半死。为什么？你从来不喝酒。"他把她横放在沙发上，用靠垫垫住了她的头，跪在沙发前面，他用手抚摸她的面颊，他的声音温柔而痛楚："你跟他一起喝酒吗？那个扫帚星？他灌醉了你？"

她摇摇头，死死地看着他。

"不是他灌醉你？是你自己喝的？"

她点头。"为什么？"她的眼光直射向他，望进他的眼睛深处去。

"问你！"她说。"问我？"他愕然地凝视着她，伸手摸她的额，又摸她的头发，她的面颊和她的下巴，他的眼光从惊愕而变得怜惜，"你还没有清醒，是不是？你头晕吗？你口渴吗？胃里难过吗？我去给你拿杯冰水来！"她伸手扯住了他的衣服。

"不要走开！"她命令的。

他停下来，注视她。在她那凌厉而深沉的眼光下迷惑了，他怔怔地望着她。"我见到她了！"她哑声说，嘴唇上一点血色也没有了，她的身子开始微微发颤。他抓住了她的手，发现那手冷得像冰。"我见到她了！""谁？"他问。"大家都叫她阿裴，她穿一件银灰色软绸的衣服，像一阵银灰色的风。"她的声音低柔而凄楚，手在颤抖，"为什么骗我？为什么？她在那儿，她唱歌，她纤瘦而美丽……"她死命拉住他："你说她死了！死人也会还魂吗？你说——她死了！死人也会唱歌吗？"他仿佛挨了重重一棒，脸色在一刹那间变得惨白，他立即蹙紧了眉头，闭上了眼睛，身子晃了晃，似乎要晕倒。片刻，他睁开眼睛来，他用双手把她的手合住，他的眼睛里闪着深切的悲哀和极度的震惊与惨痛。

"你说你见到了她？"他哑声问，"欣桐？"

"是的，欣桐。"泪水涌了上来，她透过那厚厚的水帘，望着他那变色的脸。"裴欣桐！她是姓裴吗？是吗？那么，真的是她了？不是我在做梦？不是我在幻想……对了！"她想坐起来，"你有一张她的照片，我要看那张照片！"

他用手压住了她，他的眼睛一眨也不眨地望着她。

"不要看！"他说，"那张照片已经不在了。"

她微张着嘴，嘴唇在轻颤。

"那么，确实是她了？"她问。

"是她。"他低声地、痛楚地、惨切地说，"是的，是她！我并没有骗你，灵珊，我从来没有说她死了，我说过吗……"他凝视她，眉头深锁："我只说，她离我而去了，她确实离我而去了。我告诉你……"他咬牙，额上的青筋凸了起来，太阳穴在跳动，他的呼吸变得急促而不稳定，"我好几次都想说，好几次都想告诉你，但是，我怎么开口？灵珊？我怎样去说。我太太遗弃了我，她变了心，跟一个合唱团的鼓手私奔了？你叫我怎么说？在我认识你的时候，我已经对自己一点自信都没有了！我恨女人，我仇视女人，我也怕女人！我想爱，又不敢爱！只因为……只因为那一次恋爱，已经把我所有的自尊和感情都撕得粉碎了。灵珊，你说我骗你，我不是骗你，我是宁可相信她死了，宁可让你也以为她死了。我没有勇气承认自己的失败，我——不是骗子，而是懦夫！"

灵珊眨动着睫毛，泪珠从眼角滚落，她的眼睛变得又清又亮又澄澈，她看着他，看了好久好久，然后，她用胳膊环抱过来，抱住了他的头，她把他拉向自己怀里，用手抚摸着他那一头浓发，她急促地说："别说了！别说了！别再说了！"

"不！"他挣扎开来，抬起头，他面对着她，"既然说了，你就让我说完！人生没有永久的秘密，世界很小，一个圈子兜下来，谁都碰得到谁。我猜到你可能遇见她，她一直在歌厅和娱乐界混。你遇到她时，她一定和那个鼓手在一起了？"
她不语，只是默默地望着他。

"这是个残忍的故事，灵珊。"他咬牙说，"你看过《爱桐杂记》，应该知道我对她的那份感情。我从国外回来的时候，她已经跟那个鼓手私奔了，甚至，丢下了才两岁大的楚楚。你知道我做了些什么，我找到了她，我请求她，哀求她，抹杀了所有的自尊，我一次又一次地恳求她回来！只要她回来，我不究以往，只要她回来，我牺牲什么都可以！我那么爱她，爱得连恨她都做不到，怨她都做不到！她不肯，说什么都不肯回来，即使如此，我还是写下了《爱桐杂记》，不恨她，不怪她，我只恨自己为什么没有把她保护好，为什么要出国？而她——"他深吸了口气："她要求离婚，她告诉我，生命、财产、名誉、孩子……她都可以不要，在这世界上，她只要一个人——那个鼓手！"他坐在沙发前面，用手支着头，手指插在头发里。

"有一段时间，我痛苦得真想自杀！后来，我终于弄清楚，我是彻彻底底失去她了，再也挽不回她的心了，我的纠缠只让她轻视我、鄙视我！她亲口对我说过：如果你是个男子汉，就该提得起，放得下，这样纠缠不清，你根本没出息！"

他咽了一下口水，眼睛因充血而发红。灵珊抚摸着他的胳膊，祈求地低语："够了！别再说了！""我签了离婚证书，签完字的那一天，我喝得酩酊大醉，那晚，我在一个妓女家中度过。从此，白天我上班工作，下了班我就是行尸走肉！我酗酒，我堕落，我始终站在毁灭的边缘，耳朵边始终响着她的话：我没出息。我是没出息，连一个太太都保不住，我不是男子汉，我不配称为男子汉……""够了！"她再说，"求你别再讲下去！""她纤小娇弱，"他说出了神，仍然固执地说下去，"却说得那么残忍，她永不可能了解，她把我打进了怎样一个万劫不复的地狱里……""我听够了！"灵珊喊，用手蒙住了耳朵，"别再说了！请你不要说了！"她从沙发上跳了起来，站在那儿："除非她现在还活在你心里！除非你从没忘记过她！除非你心里根本没有我……"她的头里掠过一阵剧烈的晕眩，隔夜的宿醉仍然袭击着她，她站立不稳，身子向前猛然栽过去。

"灵珊！"他惊喊，伸手一把抱住了她，"你怎么了？你不舒服吗？灵珊！你怎样了？"

她顺势倒进了他怀里，她的头埋在他胸前。

"我不舒服，我很不舒服。"她呻吟着。

"你躺好，我去拿杯水！"他急急地说。

她死命抱住他。"我不需要水，"她说，"我只要问你一句话。"

"什么话？"她把脸藏在他怀里。"你——"她低语，"有勇气再接受一次挑战吗？"

"什么挑战？"

"再结一次婚！"他有片刻无法呼吸，然后，他掰开她的脸，让她面对自己，她那苍白的面颊已被红晕染透，眼光是半羞半怯的，蒙蒙眬眬的。他闭了闭眼睛长长地吸了口气，就虔诚地把嘴唇紧贴在她的唇上了。

第十一章

在刘家，这是一次极严重的家庭会议。

晚餐之后，大家都坐在客厅里，刘思谦、刘太太、灵珍、灵珊，连十六岁的灵武都列席了。灵珊深靠在沙发中，只是下意识地啃着大拇指的指甲。刘思谦背着双手，在房间里走来走去，像个演员在登台前要背台词似的。灵珍和灵武都默不开腔，室内好安静。最后，还是刘太太一语中的，简单明了地说："灵珊，凭几个月的认识，就冒昧地决定婚姻大事，是不是太快了？""我觉得这不是时间问题，"灵珊仰起头来，清晰地说，"认识一辈子，彼此不了解，和根本不认识一样。如果彼此了解，哪怕只认识几天，也就绰绰有余了。"

"你知道，婚姻是……"刘思谦开了口。

"婚姻是个赌博！"灵珊冒冒失失地接话。

"什么意思？"刘思谦问。

"爸，"灵珊正视着父亲，一脸的严肃与庄重，她诚挚地说，"你不觉得，婚姻就是个大赌博吗？当你决定结婚的时候，你就把你的幸福和未来都赌进去了，每个参加赌博的人，都抱着必赢的信心，但是，仍然有许多人赌输了！爸，你和妈妈是赌赢了的一对，像高家伯伯和伯母就是赌输了的一对。婚姻要把两个背景不同，生活环境不同的人硬拉在一起去生活，本身就是件危险的事！"刘思谦站住了，呆呆地望着灵珊。

"没想到，你对婚姻还有一大套参悟呢！"他愣愣地说，"既然知道危险，你也要去冒险吗？"

"知道危险就退避三舍，那不是你教我们的生活方式！"灵珊望着父亲。

"算了，算了！"刘思谦说，"你别把我搅糊涂，跟我玩绕弯子的游戏！我们在讨论的是你的婚事，是吗？"

"是的！"

"你承认你如果嫁给韦鹏飞，是件危险的事？"

"爸，我是说婚姻是件危险的事。换言之，我嫁给任何人都很危险。但是，嫁给韦鹏飞，是危险最少的！"

"为什么？"

"因为我爱他！"

"灵珊，"刘太太忍无可忍地插进来，"爱情这件事，并不完全可靠，你知道吗？""我知道。"灵珊坦白地说，"可能比你们知道的都更深刻。"她眼前浮起了那本《爱桐杂记》，浮起了阿裴，浮起了陆超，又浮起了那条媚人的金蛇："以前，我总以为爱人们一旦相爱，就是件终生不渝的事。现在，我了解，爱情也可能转移，要做到终生不渝，需要两个人充满信心，去不断培养。爱情是最娇嫩的花，既不能缺少阳光也不能缺少水分，还要剪草施肥，细心照顾。"

"哦！"刘太太张口结舌，看了看刘思谦，"看样子，她懂得的比我们还多呢！""我听不懂什么阳光啦，水分啦！"灵武忽然插嘴说，"二姐，简单一句话，你要去当那个韦楚楚的后母吗？"

灵珊怔了怔："也可以这么说。"

"你不用赌了，"灵武说，"你一定输！"

"何以见得？"灵珊认真地看着灵武，并不因为他是个粗枝大叶的小男孩，就忽略他的意见。

"这还不简单，"灵武耸了耸肩，"你说婚姻是个赌博，别人的婚姻是一男一女间的赌博，你这个赌博里还混了个小魔头，这个小魔头呵……"他没说下去，那副皱眉咧嘴的怪样就表明了一切。"还是小弟说得最中肯！"灵珍拍了拍沙发扶手，一副"深中我心"的样子，"灵珊，你或许能做个好太太，但是，我绝不信你能做个好后母！"

"楚楚很喜欢我……"灵珊无力地声辩。

"没有用的！"灵珍说，"你又不是没念过幼儿心理学！这种自幼失母的孩子最难教育，你现在是她的阿姨兼老师，她听你，等你当了她的后母，她就会把你当敌人了！你信不信？"

"姐，"灵珊懊恼地喊，"就是你这种论调，使很多女人听了都裹足不前！你难道不明白，这种孩子也需要母亲吗？"

"真正的母亲和后母毕竟是两回事！"刘太太慢吞吞地说，"有一天，你也会生孩子，你有没有想过，你的孩子和楚楚之间会不会有摩擦？到时候，你偏袒哪一个？"

"我可没想那么远！"灵珊烦躁地说。

"你知道婚姻是个一生的赌博，而你不去想那么远？"刘太太紧追着问，"我听阿香说，楚楚死去的母亲很漂亮……"

"她母亲并没有死！"灵珊静静地接话。

"什么？"刘太太吃了一惊，"没死？"

"没死。她只是和鹏飞离婚了，孩子归父亲。"

室内一下子安静了下来，大家都面面相觑，默然不语，每人都在凝思着自己的心事。好半晌，刘思谦冷冷地说了一句：

"原来他已经赌过一次了。"

"是的，"灵珊清脆地说。坚定地迎视父亲，她的脸色微微地泛白了，"他赌过一次，而且输了！我选择了一个有经验的赌徒，输过一次，就有了前车之鉴，知道如何不重蹈覆辙！""所有倾家荡产的赌徒，都有无数次赌输的经验！"刘思谦说。灵珊猛然从沙发里站了起来，板着脸，冷冰冰地说："你们不用再说了，我已经很了解你们的意思了。我们这个家，标榜的是民主，高唱的是自由，动不动就说儿女有选择自己婚姻的权利！可是，一旦事情临头，我们就又成了最保守最顽固最封建的家庭！稍微跨出轨道的人我们就不能接受，稍稍与众不同的人我们也不能接受！"她高昂着下巴，越说越激动，她眼里闪烁着倔强，声音冷漠而高亢，"你们反对这件事！你们反对韦鹏飞，只因为他离过婚，有个六岁大的女儿！你们甚至不去设法了解他的为人、个性、品德及一切！你们和外公外婆没什么两样，一般父母会犯的毛病，你们也一样会犯……"

"灵珊！"灵珍喊，"你理智一点，爸爸妈妈如果是一般的父母，就不允许你这样说话！"

"二姐，"灵武傻傻地说，"你为什么要把事情弄得这么复杂？"

"我怎么弄得复杂了？"灵珊恼怒地叫。

"你找一个又离过婚，又有女儿的男朋友干吗？那个扫帚星不是很好吗？他最近越变越可爱，上星期送了我一套葛雷坎伯尔的唱片……""混球！"灵珊气极，红了脸骂，"人家给你几张唱片，你就把姐姐送人吗？原来，你二姐只值几张唱片！"她再看向父母，眼睛里已滚动着泪珠："爸爸，妈妈！随你们怎么办，随你们怎么想，我已经打定了主意。我可能是看走了眼，我可能是愚昧糊涂，我可能是自找苦吃，但是，不管怎样，我嫁定了韦鹏飞！"说完，她转过身子，对大门外就冲了出去。刘太太追在后面，急急地喊："灵珊！灵珊！你别跑，我们再商量！"

"妈，你别急，"灵珍说，"反正她走不远！"

刘太太会过意来，禁不住长叹了一声。瞪着刘思谦，她忽然懊恼地说："都是你！都是你！""怎么怪我？"刘思谦愕然地说，"民主哩，自由哩，开明哩，这些思想都是你灌输的！怎么来怪我？"

"我怪你——怪你为什么要搬到大厦来住！"刘太太没好气地说，"这种房子像旅馆一样，门对着门……"

"这才叫门当户对哩！"灵武愣头愣脑地接了一句。

刘思谦忍不住就笑了起来。

"你笑？"刘太太睁大了眼睛，"女儿给人家骗去了，你还好笑呢！"刘思谦深思地看着太太。

"你知不知道，"他沉吟地说，"你这句话，和你母亲当初说的一模一样？她指着我的鼻子骂，说我把你骗走了。"

刘太太一愣，就怔怔地发起呆来了。

正像灵珍所预料的，灵珊冲出大门后，就直接奔向四Ａ。人，在受了委屈之后，总是本能地去找自己最心爱的人。门开了，阿香笑吟吟地站在门口，一见到她，就更加笑逐颜开："二小姐，你坐。先生刚刚打电话回来，说是会还没有开完，要九点钟左右才能回来。"

灵珊愣了愣，这才想起，韦鹏飞早上就告诉了她，今晚董事长请客，研究如何增加生产量的问题，可能要晚一点回家。见不到韦鹏飞，她心里的疙瘩就更重了，慢吞吞地走进室内，她有说不出的沮丧和说不出的难受。明知韦鹏飞马上就会回来，她依旧遏止不住心中那份强烈的失望。

楚楚正坐在沙发上看电视，回头看到灵珊，她立刻高兴地叫着说："阿姨，为什么小蜜蜂要到处找妈妈？"

灵珊心中怦地一跳，楚楚这句无心的问话好像有意地击中了她的心事，她走了过去，在楚楚身边坐下来。下意识地看了看电视，小蜜蜂没有妈妈，小蜜蜂飞来飞去，到处在找妈妈，小蜜蜂的声音不停地嚷着：妈妈，你在哪里？妈妈，我好想你！妈妈，你快回来！妈妈，我要跟你在一起！灵珊伸出手去，猛地关掉了电视。

"阿姨？"楚楚诧异地回过头来。

灵珊把楚楚揽在怀里，用手指梳着她的头发，亲昵地、宠爱地低语："头发长长了，到夏天就可以梳辫子了！"

阿香捧了一杯茶过来，把茶放在桌上，她笑嘻嘻地看着灵珊和楚楚，心无城府地说：

"楚楚，你就快有妈妈了！"

"我妈死啦！"楚楚说，脑袋偎紧在灵珊怀里，"我奶奶说，我妈早就死啦！""妈妈死了，不可以另外找个新妈妈吗？小傻瓜！"阿香看着灵珊，嘻嘻一笑。"阿香！"灵珊阻止地喊，"别胡说！"

"是，小姐。"阿香转身就往厨房后面跑，去找翠莲和隔壁的阿巴桑聊天去了。有灵珊在，她就自己放自己的假，理所当然地把楚楚交给了灵珊。

"阿姨，"楚楚用胳臂勾着灵珊的脖子，好奇地说，"什么叫新妈妈？"灵珊心中一动，把楚楚抱在膝上，她仔细地打量着这孩子，那眉毛、那眼睛、那小尖下巴……她长得很像阿裴！灵珊吸了口气，深思地、婉转地、小心翼翼地说："楚楚，你还记得你的妈妈吗？"

楚楚摇了摇头。"本来，爸爸有一张妈妈的照片，后来不见了！"楚楚天真地说，"我妈妈很漂亮，像白雪公主一样！"

是啊，阿裴离开楚楚的时候，韦鹏飞还在国外，楚楚只有两岁，那么，韦鹏飞出国的第二年，阿裴就已弃家而去了，怪不得那个祖母要说她死了。奇怪的是，阿裴居然忍耐得住，不来找寻楚楚，这样咫尺天涯，她竟然宁可母女不见面！那阿裴也真狠得下心！"楚楚，"灵珊抚摸着那孩子的头发，情不自禁地试探了起来，"你想不想要一个新妈妈？"

"新妈妈？"楚楚歪着头，望着灵珊笑，"什么叫新妈妈？"

"你爸爸再结婚，你就有一个新妈妈！她会爱你、疼你、宠你，给你买新衣服，带你去儿童乐园玩，教你读书写字，唱歌给你听……"楚楚天真地看着她，猛烈地摇起头来。

"不！不！不要！我不要新妈妈！"

"为什么？"

"阿姨，你也会唱歌给我听，你也带我玩，你也买新衣服给我穿，我为什么还要新妈妈？"

灵珊禁不住红了脸，心想，下面的话是真说不出口了。怎样大方，她也问不出一句："你愿不愿意我当你的新妈妈？"楚楚好奇地瞪视着灵珊，忽然间，她那小小的心灵像有扇门打开了，她的眼睛睁得大大的，细声细气地、清清脆脆地说："我知道了，你是说，我爸爸要娶后娘！"

灵珊出神地望着她，还来不及说话，楚楚就猛然抱紧了灵珊的脖子，恐怖地、尖锐地叫了起来："阿姨，我不要后娘，我不要后娘！白雪公主就有后娘，她的后娘叫人去杀她！阿姨，我不要！你去对爸爸说，我不要后娘！"

"楚楚！楚楚！"灵珊心慌意乱地抱紧她，拍抚着她的背脊，一迭连声地说："别叫！别叫！楚楚！"

楚楚放松了手臂，看着她的脸。

"阿姨，爸爸会娶后娘吗？"她问，眼睛里充满了惊惧的神色，好像她自己被后娘虐待过似的。

"楚楚，"她勉强地说，"并不是每个后娘都很凶，并不是后娘都会虐待……""不要！"楚楚尖声大叫，"你骗我！你骗我！我不要后娘！不要！不要！"她跺脚，拼命地摇头，把头发摇得满脸都是。许久以来，在她身上早已敛迹的暴戾之气，又在一刹那间都爆发了。眼泪夺眶而出，她大吼大叫："我不要！我不要！我不要……""好好好，不要！不要！"灵珊慌忙说，手足无措地把她拥进怀里，"别耍孩子，没人要虐待你，没人要欺侮你，别耍孩子！"她的鼻子酸楚，喉咙哽塞，"你不要，就不要！别人即使能违背父母，也无法违背你！你不要，就不要！"

楚楚在她怀中搓着揉着，眼泪揉了她一身。好一会儿，那个孩子才稳定了下来，平静了下来。挣脱了她的搂抱，楚楚看着她："阿香没来我家之前，有个阿巴桑带我。"她说，大眼睛里泪痕犹存，恐怖之色依然写在她脸上，"她每天对我说，我是短命鬼，将来爸爸一定会娶一个后娘，把我每天吊起来打一百次，把我剁碎了喂狗吃，喂猪吃，喂猫吃……"

灵珊打了个冷战，惶惑地看着楚楚。

"她为什么要这样说？"她问，"你一定很坏，很不乖，她故意说这些话来吓你！楚楚，不是这样的……"她感到自己的声音好无力，好软弱："她故意吓你，后娘也有好的，像……像……像阿姨这样的……"

　　"不！"楚楚斩钉截铁地说，眼睛里闪着奇异的光，注视着灵珊，"阿姨，后娘都很坏，很坏！我会唱一首歌，是另外一个阿巴桑教我的。"

　　"什么歌？"她瞪视着她，心中越来越瑟缩，越来越畏怯。她知道楚楚家里，三天两头换用人，实在猜不到，这些人都灌输了她一些什么思想。

　　"我唱给你听！"楚楚说，眼光直视着灵珊，她的声音是软软的童音，她一定有她母亲的遗传，歌唱得婉转动人，而且有种凄凄凉凉、悲悲切切的韵味：

小白菜呀，地里黄呀，

两三岁呀，没了娘呀！

跟着爹爹，好生过呀，

只怕爹爹，娶后娘呀！

娶了后娘，三年半呀，

生个弟弟，比我强呀！

弟弟吃肉，我喝汤呀，

端起碗来，泪汪汪呀！

……

亲娘想我，谁知道呀，

我想亲娘，在梦中呀！

桃花开花，杏花落呀！

想起亲娘，一阵风呀！

亲娘呀，亲娘呀！

　　她唱完了，默默地看着灵珊，灵珊是完全怔住了。从不知道她会唱这么长的歌，而且唱得这么完整。她呆望着楚楚，所有的意志、思想、决定……都被楚楚的歌声敲碎了。她觉得再也没有信心，再也没有梦想，再也无法把握自己的方向和意志了。因此，这晚，当韦鹏飞回家的时候，他就看到灵珊一个人呆呆地坐在沙发中，头仰靠在沙发背上，眼睛里充满了凄惶，脸庞上布满了无助。孤独地、悲凄地、落寞地、软弱地靠在那儿。韦鹏飞走了过去，俯身凝视她。

　　"怎么了？"他问。

　　"我好累。"她低声说。

　　"好累？你做了些什么？"

　　"我的父母，你的孩子！"她喃喃地说，把头靠在他肩上，"他们是两块大石头，我在他们的夹缝里，推不动石头，我——好累！"他用胳膊环绕着她，轻轻地拥住了她，虽然不能完全清楚她在说些什么，但是，那暗示的意味却很明白。他坚定地、恳切地、爱怜地说："如果有大石头，也是我们两个人的，你不可以一个人推，你太瘦太小，让我们一起来推，好吗？"

第
十
二
章

　　雨季来临了。台北的冬天和春天都是湿漉漉的。整天整晚，那蒙蒙细雨无边无际地飘飞，阴冷的寒风，萧萧瑟瑟地掠过山头、掠过原野、掠过城市、掠过街边的尤加利树，一直扑向各大厦的窗棂。灵珊在这一段时期里很安静，很沉默，像一只蛰伏着的昆虫，随寒冷的天气冬眠起来。她不再和父母争辩婚事，甚至，避免再去提到它。在她内心深处，那瘦瘦小小的孩子，像座山般横亘在她的面前，这份阻力比父母的阻力更强。她第一次体会到自己的脆弱，她竟说服不了一个孩子。春天来临的时候，灵珊已患有淡淡的忧郁症，她变得多愁善感而郁郁寡欢。学校放了一个月寒假，又再度开学了。灵珊照旧上课下课，带着孩子们做游戏。下课回家之后，她常倚窗而立，沉思良久。灵珍冷眼旁观，私下里，对父母说："灵珊在和我们全家冷战！"

　　事实上，灵珍的话只说对了一半，与其说她在冷战，不如说她斗志消沉。主要还有个原因，韦鹏飞在过春节的时候，带楚楚回了一趟南部。回来后，楚楚就整个变了，她对灵珊充满了敌意，异常冷漠。她又成了一只备战的刺猬，动不动就竖起了她满身的尖刺，准备奋战。当灵珊好言询问的时候，她只尖声地叫了一句：

"我奶奶说，你要做我的后娘，我讨厌你！"

将近半年的说服工作，忽然一下子就完全触了礁。无论灵珊如何温言细语，那孩子只是板紧了脸，恶狠狠地盯着她，尖声大叫："你不要碰我，你碰我我就咬你！"

有好几次，她真想再捉住这孩子，给她一顿责罚。可是，自从有婚姻之想，她竟不敢去责骂这孩子了。她怕她！在这种畏怯的情绪里，一味的退让竟适得其反，楚楚越来越无法无天，越来越蛮横，越来越对灵珊没礼貌。甚至，她已经懂得如何去欺侮灵珊。每当她和灵珊单独相处，就会细声细气地说："阿姨，我好想好想我的妈妈呵！如果她不死就好了！她是世界上最美丽的女人！"

灵珊看着她那张慧黠的小脸和那狡狯的眼神，明知她说的是谎话，明知她对生母绝无印象，明知她安心要气她，她仍然觉得刺耳刺心而六神无主。

灵珊消沉下去了。在这段时间里，韦鹏飞却忙得天昏地暗，自从春节以后，旭伦的营业额提高，生产量大量增加，韦鹏飞主持公司的整个生产部门又添购了好几部机器，他就从早忙到晚，日夜加班，回家的时间越来越晚，而每次回家，都累得筋疲力尽，倒在沙发上，他常连动都不想动。但是，即使这么忙，他也没有忽略掉灵珊的消沉。一晚，他紧握着灵珊的手，诚挚地说："灵珊，别以为我忘了我们之间的事，等我忙完这一阵，到夏天，我就比较空了。我们在夏天结婚，好不好？结完婚，我带你到日本去度蜜月。"

她默然不语。"你别担心，灵珊，所有的问题都会迎刃而解。我父母对于我又能重拾幸福开心极了，他们说，等到有假期的时候，要到台北来看你！"她微微一震。"怎么了？"他问，"你又在怕什么？"

"你的父母……"她期期艾艾地说，"他们真的很开心吗？他们并不认识我……"

"他们看过你的照片。"

"怎么说呢？"她垂下眼睑，"他们一定说我很丑，配不上你。所有的父母都认为自己的孩子是最好的。"

"不，正相反。"

"怎么？"

"他们说你很漂亮，太漂亮了一点。我妈说我太贪心了。她说……"他猛地咽住了。

"她说什么？"灵珊追问。

"没说什么，"鹏飞想岔开话题，"她觉得我配不上你，会糟蹋了你。"

"不是的！"她固执地说，"她说什么，你要告诉我！你应该告诉我！"

他注视着她，她坐在沙发前的地毯上，胳膊放在沙发上，用手托着下巴，静静地望着他。她的眼睛澄澈如秋水，里面有股庞大的力量，使他无法抗拒，无法隐瞒。他伸手抚摸她的面颊和她那小小的耳垂。

"她说……"他轻叹一声，"你受漂亮女孩子的罪还没受够吗？怎么又弄了一个这么漂亮的？当心，这女孩明艳照人，只怕你又有苦头要吃了！"

灵珊悄然地垂下头去。

"灵珊！"他托起她的下巴，"你别误会，我妈这句话并没有恶意，她是'一朝被蛇咬，十年怕井绳'！看到漂亮女孩就害怕。你要原谅她，当初，她和欣桐间闹得极不愉快，她曾尽心尽力待欣桐，欣桐仍然一走了之。她把这件事看成了韦家的奇耻大辱。灵珊，不要担心，等她见到你之后，就知道你有多纯真、多善良、多可爱了。"

灵珊仍然低头不语。"怎么？"鹏飞凝视着她，仔细地凝视着她，"你真的在担心吗？真的在烦恼吗？"她把头倚进了他怀里。

"鹏飞！"她软弱地叫，"为什么这世界上要有这么多人？而人与人间的关系又这么复杂？为什么两个人之间的事，要牵扯上这么许许多多其他的人？"

韦鹏飞拥着她，好一会儿也默然不语。他非常了解她心底的哀愁与无奈。半晌，他轻声低语："灵珊！"

"嗯？"她应着。

"我们找一个没有忧愁，没有工作，没有烦恼，没有纠缠……的地方去过日子吧！"

"有这样的地方吗？"

"有的。"

"是月球？还是火星？"她问。

他轻声一笑："不不，不是月球，不是火星，是亚马孙河的原始丛林里。"

"那儿确实没有烦恼，没有纠缠，"灵珊点点头，"可是，有蚊子，有毒蛇，有鳄鱼，有野兽，说不定，还有吃人族把你拿去炖汤吃！哦，算了，我们留在这儿吧！"

"那么，我们还可以去阿拉斯加！"韦鹏飞转动着眼珠，"我看过一部电影，介绍阿拉斯加的风景，终年积雪，一片银白，北极熊在雪地里打滚。到处都开满了五颜六色的花朵，成千成万的蝴蝶围着花朵打转……"

她笑了："雪地上开满了五颜六色的花朵？还有成千成万的蝴蝶？"她说，"你真是吹牛不打草稿！"

他正视着她："我打了草稿，"他说，"打了半天草稿，只为——博你一笑！"她的眼睛闪亮，泪珠在睫毛上轻颤。

他一把抱紧了她，在她耳边激动地喊着："哦，灵珊！如果有那样的地方，我会带你去的，我真会带你去的！我不要你烦恼，我不要你忧愁，我不要你操心，我不要你这样憔悴下去！哦，灵珊，你告诉我吧，怎样能让你快乐起来？你告诉我，你教我，我一直不是个很好的爱人，我不懂怎样能够保护我爱的……"他的身子掠过了一阵战栗，"灵珊！是不是我太忙了？我太忽略了你？你教我，但是，不要离开我……"她把嘴唇压在他唇上，堵住了他的言语。半晌，她抬起头来，温存地、平静地看着他。

"我说过要离开你吗？不，不会，永远不会。"她用手指轻触他的眉梢和鬓角，她眼底是一片深深切切的柔情，"我们之间如果有阴影，如果有问题，我相信，总会慢慢克服的。鹏飞，"她轻扬着眉毛："我不是裴欣桐，你放心。"

他深深地注视她，"你父母仍然在反对我吗？"他问，"他们是通情达理的，是开明的，为什么也像块无法融解的冰块？"

"有一天，楚楚也会长大，"灵珊说，"当她二十二岁的时候，你会不会愿意她去嫁给一个离过婚，有个六岁大孩子的男人？"

"如果那男人像我一样好，我是绝对愿意的！"

"你好吗？你真不害臊！"

"我真的很好……最起码，这半年以来，我已经戒除了所有的坏习惯，我努力在学好……但是，你父母不肯承认我的优点，他们只研究我的过去！"

"给他们时间！"她低语，"也给我时间。"

"给你时间干吗？"

"去融解一座冰山。"

"冰山？"他说，"你面前也有冰山吗？"

"是的。"

"是——"他迟疑的，"楚楚吗？我以为你已经完全收服了她。你像是如来佛，她只是个小孙猴子，她应该翻不出你的手掌心。"她摇摇头，无言地叹了口气。

他抚摸她的头发，紧蹙着眉头。

"你又叹气了。灵珊，你这么忧郁，我真不知道怎么办才好?"他握紧她的手，忽然下决心地说，"灵珊，我们走吧！我们真的离开这所有令人烦恼的一切！离开你的父母，也离开我的家人！"

"走到哪儿去?"

"去美国。我可以在那儿轻易地找到工作，我又有永久居留权。我们去美国，好吗?"

"楚楚呢?"她问。

他狠狠地咬了咬嘴唇："我可以把她交给我的父母！他们都很爱她！"

"你呢? 不爱她吗?"灵珊盯着他问。

"我当然爱她。可是——如果她成了我们两人之间的冰山，我……我就只有忍痛移开她！"

灵珊和他对视良久。"听我说，鹏飞。"她清晰地说，"我不跟你去美国，也不去阿拉斯加或任何地方！因为，我不要做一个逃兵！我爱我的父母、姐姐和弟弟。我不想和他们分开，我也爱楚楚，我要她！我的问题在于这所有反对我的人，我都爱！我不逃走，鹏飞，我要面对他们！"

"灵珊！"他喊，"你自私一点吧！为自己想想吧！"

"我很自私，"她固执地说，"我想用我的胳膊抱住所有我所爱的，不止你！鹏飞，还要抱住我的家人，和——那座小冰山，我不单单是自私，而且是贪心的！"

"灵珊！"他惊叹地喊，拥住了她，在那份震撼般的激情里，再也说不出话来了。

　　于是，日子仍然这样缓慢而规律地流过去。但是，在规律的底下，却埋伏着一些看不见的东西。像地底的一条伏流，隐隐地、缓缓地流着。却不知何时终会化作一道喷泉，由地底激射而出。

　　这天，韦鹏飞正在工厂中工作。一部热锻机出了毛病，一星期中，这机器已有三次因热度过高，烧红之后金属碎片溅出来而烧伤了工人。韦鹏飞带着几个技工，一直在埋头修理这部机器，调整它的温度。忽然，有个工人走过来说："韦处长，有位刘先生来看你！"

　　"让他等一下！"韦鹏飞头也不抬地说，他整个人都钻在机器下面，查看那机器的底层。半晌，他从机器下面钻了出来，满身的尘土，满手的油垢，满衣服的铁屑。他抬眼看过去，才惊愕地发现，站在那儿等他的，竟然是灵珊的父亲刘思谦！"哦，刘伯伯！"他慌忙打招呼，心想，要来的毕竟来了！他必须面对这个人物、这个问题和这项挑战了。他心里一瞬间掠过许许多多的念头，知道刘思谦居然跑到工厂里来找他，当然是非摊牌不可了。他暗中筹思着"应战"的方法，立即做了一个坚定不移的决定，不管怎样，他绝不妥协，绝不放弃灵珊！他看着刘思谦，一面用毛巾擦着手。"对不起，让您久等，那机器有点毛病！"他说。

　　刘思谦好奇地看看那部机器，再好奇地看看韦鹏飞。他好奇地打量这整个工厂和那一排排的厂房，以及那些五花八门、形形色色的锅炉和冲床。

　　"我不知道这工厂这么大，"他说，"有多少工人？"

"有六百多人!"韦鹏飞说,一眼看到刘思谦满脸感兴趣的表情,他心中一动,想先跟他扯点别的,把话说畅了,再进入正题就容易了。于是,他问:"要不要参观一下?"

"会不会不方便?"刘思谦问。通常,一般工厂都谢绝参观,以免一些私有技术流传出去。

"不会。"韦鹏飞立刻说,"这儿没有秘密。"

带着刘思谦,他一间厂房又一间厂房地走过去,一面向他介绍那些机器的功用和工厂的性质。

"我们分两个部门,一个是锻造部分,一个是精密铸造部分。产品几乎包括了各种金属手工具,主要是外销,销美国、加拿大以及东南亚和欧洲。"

"哦?"刘思谦打量着那些机器,也打量着韦鹏飞,他也是学机械的,却并没有学以致用,现在早改行到了金融界,在一家大银行当高级主管。但是,他对机械的兴趣却依然不减。"锻造做些什么事?"他问。

"第一步是剪切,那是剪切机把铁片剪碎。第二步是加热,这是加热炉。然后是粗坯,再下来要热锻,再经过剪边和加工,就完成了锻造的程式。可是,仅仅加工一项,就又包括了吹沙、清洗、打直、热处理、研磨、精光、电镀……各种手续,所以,要这么多机器,这么多工人,这是一件繁复的工作。"刘思谦一眨也不眨地看着他。

"你整天面对着机器和铁片,怎么还有心情去追女孩子?"他问。韦鹏飞站在一间大厂房的外面,他的手扶着厂房的柱子,回头看着刘思谦。"灵珊常常说我是个打铁匠,"他干脆引入正题，"我也确实只是个打铁匠。但，一把钳子，一个螺丝钻，都要经过千锤百炼才做得出来。我一天到晚对这些铁片千锤百炼，自以为已经炼成金刚不坏之身。直到灵珊卷进我的生活，我才知道我也有血有肉有灵魂有感情！刘伯伯，"他诚挚地说："我不知道该怎么说，灵珊确实再造了我！我每天把废铁变为利器，灵珊对我做了同一件事！"

刘思谦望向厂房，那儿有好几个高周波炉，工人们正在做熔铸的工作。他再看韦鹏飞，一身的铁屑，满手的油污，一脸的诚挚和那浑身的机油味。他沉吟地说："你知道我来这儿干什么？"

"我知道。"韦鹏飞说，"你想说服我和灵珊分手。"

"你认为我的成功率有几成？"

"你没有成功率。"

刘思谦不由自主地哼了一声。"像你这样的男人，怎么会离婚？"他冷静地问，"听说是你太太对不起你。""欣桐是一个很好的女孩。"韦鹏飞认真地说，"两个人离婚，很难说是谁对不起谁。欣桐外向爱动，热情而不耐寂寞，她的思想很开放，有点受嬉皮思想的影响，她离开我——"他黯然说："我想，总是我有缺点，我保不住她。"

"那么，你就保得住灵珊了吗？"

韦鹏飞静静地沉思片刻。

"是的。"

"为什么？"

"因为灵珊不是欣桐！欣桐像我豢养的一只小豹子，不管我多喜爱她，她一旦长成，必然要跑走，我跟欣桐结婚的时候，她还是个孩子。灵珊不一样，她独立而有思想，从我们认识开始，她接受了我，不只我的优点，也包括我的缺点。到现在，我觉得她已经像我生命的一部分，你可能保不住一只小豹子，你怎么可以保不住自己的生命或血液？"

"你的举例很奇怪！"刘思谦怔怔地说。

韦鹏飞望向厂棚。"你看到那些炉子了吗？"他问。

"怎样？"刘思谦困惑地。

"那里面是碳钢水，用碳钢水加上铬铁和钒铁，就铸造出一种新的合金，叫铬钒钢。铬钒钢是由两种不同的金属铸造的，但是，即经铸造之后，你就再也没有办法把铬钒钢分离成铬铁和钒铁。我和灵珊，就像铬钒钢。"

刘思谦瞪视着韦鹏飞。

"看样子，你是个成功的锻造家！"他说，环视着左右，"看样子，你还是个成功的工程师，看样子，你也是个成功的主管。只是，我不知道，你会不会是个成功的丈夫！"

韦鹏飞热烈地直视着刘思谦，眼睛发亮。

"我有必胜的信心，信任我！刘伯伯！"

刘思谦睁大了眼睛，皱皱眉头，然后，他忽然重重地一掌，砸在韦鹏飞的肩上，粗声说："我实在不知道，灵珊爱上了你哪一点？我也实在不知道，我又欣赏了你哪一点？但是，要命！"他深深吸气，眼睛迎着阳光闪亮，"我居然全心全意，要接受你做我的女婿了！"

"刘伯伯！"他喊，满脸发光的他用那油污的手，一把握住了刘思谦的手，"你不会后悔，你永不会后悔！"他说："你虽然不知道灵珊爱上了我哪一点，我却深深明白，灵珊为什么那样爱你们了！"

第
十
三
章

忽然间，雨季就这样过去了。忽然间，春天就这样来临了。忽然间，阳光整日灿烂地照射着。忽然间，轻风和煦而温柔地吹拂着。忽然间，花开了，云笑了，天空的颜色都变得美丽了。在刘家，韦鹏飞得到一个新的绰号，叫"铬钒钢"。这绰号的由来，早就被刘思谦很夸张地描述过，刘家大大小小，都喜欢称他绰号而不喜欢叫他名字。这个始终无法得到刘家激赏的"韦鹏飞"，却以"铬钒钢"的身份而被认可了。难怪，韦鹏飞这晚要对灵珊说："早知如此，就该改名字了！看样子，笔画学不能不研究一下，那韦鹏飞三个字的笔画对我一定不吉利！"

灵珊挽着韦鹏飞的手臂，那多日的阴霾已被春风一扫而去，她笑着说："你以为爸爸那天去旭伦真正的目的是什么？"

"要我答应撤退！"

"傻人！"灵珊笑得像阳光，像蓝天，"爸爸才不会做这么幼稚的事，他是安心去摸摸你的底细，称称你到底有几两重！"

"哦，"韦鹏飞恍然地说，"那就怪不得了！"

"怪不得什么？"

"韦鹏飞整日飞在天空，你怎么测得出他的重量？那铬钢毕竟是钢铁，当然沉甸甸的！"

灵珊笑弯了腰："改天我也要去旭伦看看，那帮了你大忙的铬钢到底是什么玩意儿？说实话，我一生没听过这名词！"

"记得吗？"韦鹏飞深思地说，"我们刚认识没多久的时候，我就曾经要带你去旭伦。"

"是的，"灵珊回忆着那个晚上，他曾因她一语而改变目的地，在高速公路上急刹车，"为什么？"

"那时候我很堕落，"他坦率地说，"在你面前，我自惭形秽，或者，在我下意识中，觉得在旭伦的我比较有分量一点。也可能……"他微笑着："我有第六感，知道旭伦的某种合金能帮我的忙。"她瞪着他笑，摇了摇头，又叹了口气。

"怎么还叹气呢？"他问。

"你有什么高周波炉，又有什么加热炉、预热炉，你连铁都烧得熔，何况去融解一块小小的冰块。而我却惨了，我从没学过锻造或铸造！""你学过的。"他正色说。

"学过什么？"

"我锻造的是铁，你锻造的是人生。"他握紧她的手，凝视着她的眼睛，"别担心那座冰山，她可能也会出现奇迹，在一夜间而融化。我对你有信心。"

"从哪儿来的信心？"她轻声问。

"你烧熔过我，我不是冰山，我也是铁。"

"铬铁或是铁？"她笑着。

"废铁！"他冲口而出。

于是，他们相视大笑了起来，笑得那么开心，那么爽朗，以至于把已睡着的楚楚吵醒了。穿着睡袍，赤着脚，她睡眼惺忪地揉着眼睛从卧室里跑了出来。一眼看到并肩依偎着的父亲和灵珊，她那小小的脸立刻板了起来，眼睛里燃烧着怒火："阿姨，你们笑什么？"

灵珊一怔，从沙发里站了起来，脸上的乌云倏然而来，阳光隐进云层里去了。"哦，楚楚，"她虚弱地微笑了一下，声音里竟带着怯意，"对不起，把你吵醒了。走，阿姨陪你去房里，你要受凉了。"

"我不要你！"楚楚瞪圆了眼睛说，"我要爸爸！"

韦鹏飞看着楚楚。"乖，"他劝慰地，"听阿姨的话，上床睡觉去，你已经大了，马上要念小学了，怎么睡觉还要人陪呢？"

楚楚走到韦鹏飞面前，仰着小脸看他。

"我一直做噩梦，爸爸。"她柔声说，说得可怜兮兮的，"我很怕！"

"梦到什么呢？"韦鹏飞问。

"梦到我妈。"她清晰地说，"她好漂亮好漂亮，穿了一件白纱的衣服，衣服上全是小星星，闪呀闪的。她像个仙女，像《木偶奇遇记》里的仙女。她抱着我唱歌，唱'摇摇摇，我的好宝宝’，她的声音好好听！”

韦鹏飞愣住了，他瞪视着楚楚。

“这是噩梦吗？”他问，“这梦很好呵！”

“可是……可是……”楚楚那对黑如点漆的眼珠乱转着，“我妈正唱啊唱的，忽然有个女妖怪跑来了，她把我妈赶走了，她有好长好长的头发，好尖好尖的指甲，她掐我、打我、骂我，她说她是我的后娘！”

韦鹏飞蓦然变色，他严厉地看着楚楚，厉声说：“谁教你说这些话的？是谁？”

楚楚一惊，顿时间，她扑向韦鹏飞，用两只小胳膊紧紧地抱着父亲的腿，她惊慌失措地、求救似的喊：“爸爸，你不爱我了！爸爸！你不要我了！爸爸，你不喜欢我了！爸爸……”她哭着把头埋在他的裤管上，“我爱你！爸爸，我好爱好爱你哟！”

韦鹏飞鼻中一酸，就弯腰把那孩子抱了起来。楚楚立即用手搂紧了韦鹏飞的脖子，左右开弓地亲吻她父亲的面颊，不停地说：“爸爸，会不会有了后娘，你就不要我了？爸爸，你陪我，求求你陪我，我一直睡不着睡不着……”

“好好，”韦鹏飞屈服地，抱着她向卧室里走，一面回过头来，给了灵珊安抚的、温柔的一瞥。灵珊深深地靠在沙发中，蜷缩着身子，似乎不胜寒苦。她的眼光幽幽然地投注在他们父女身上，脸上的表情是若有所思的。韦鹏飞心中一动，停下来，他想对灵珊说句什么。但，楚楚打了个哈欠，在他耳边软软地说：“爸爸，我好困好困呵！”

韦鹏飞心想，待会儿再说吧！先把这个小东西弄上床去。他抱着楚楚走进了卧室。把楚楚放在床上，他本想立刻退出去，可是，那孩子用小手紧紧地握着他，眼睛大大地睁着，就是不肯马上睡觉。好不容易，她的眼皮沉重地合了下来，他才站起身子，她立即一惊而醒，仓皇地说："爸爸，你不要走！你一走妖怪就来了！"

"胡说！哪儿有妖怪！"

楚楚再打了个哈欠，倦意压在她的眼睛上，她迷迷糊糊地说了句："说不定有狼外婆！"

"什么狼外婆？"韦鹏飞对童话故事一窍不通。

"狼外婆很和气，很好很好，到了晚上，她就把弟弟吃了，咬着弟弟的骨头，咬得咔嚓咔嚓响……"楚楚又打了个哈欠，眼睛终于闭上了。那孩子总算睡着了，韦鹏飞悄悄地站起身来，蹑手蹑脚地走出去，关上了灯。当他走到客厅里时，却发现沙发上已无人影，他四面看看，客厅里空荡荡的，只在小茶几上，用茶杯压着一张纸条。他走过去，拿起纸条，上面是灵珊的笔迹，潦草地写着四个大字："妖怪去也！"

他怔了怔，看看手表，已经深夜十一点多了。但是，毕竟安不下心，他拨了一通电话到灵珊家，接电话的是灵珍，她笑嘻嘻地说："铬先生，我妹妹已经睡啦！"

"能不能和她说句话？"

"她不是刚从你那儿回来吗？"灵珍调侃似的说，"有话怎么一次不说完？我看你们可真累！好，你等一等！"

片刻之后，接电话的仍然是灵珍。

"我妹妹说，有话明天再讲，她说她已经睡着了。"

"已经睡着了？"他蹙紧眉头。

"已经做梦了，她说她梦到仙女大战妖怪，战得天翻地覆，她这么说的，我原封告诉你，至于这是打哑谜呢？还是你们之间的暗号，我就弄不清楚了！"

挂断了电话，他坐进沙发里，燃起了一支烟，他深深地抽着烟，沉思着。然后，他再拨了刘家的电话。

在刘家，灵珍把电话机往灵珊床边一挪，把听筒塞进她手里，说："你那个铬钢实在麻烦！我不当你们的传话筒，你们自己去谈论妖怪和仙女去！"灵珊迫不得已接过电话，听筒里，传来韦鹏飞一声长长的叹息。"灵珊，"他柔声说，"你生气了？"

她心中掠过一阵酸酸楚楚的柔情，喉咙里顿时发哽。

"没有。"她含糊地说。

"你骗我！"他说，再叹了口气，"出来好不好？我要见你！"

"现在吗？别发疯了，我已经睡了。"

"我们散步去。"他的声音更柔了。

"你知道几点了？"

"知道。"他说，沉默了片刻。她以为他已经挂断了，可是，他的声音又响了起来，"今晚的月亮很好，很像你的歌：月朦胧，鸟朦胧。"他低低地、祈求地，"我们赏月去！"

她挂上了电话，翻身就下床，拿起椅子上的衣服，换掉睡衣，灵珍的眼睛瞪得又圆又大，愕然地问："你干吗？"

"去散步！""你知道吗？"灵珍说，"你那个铬钢，有几分疯狂，你也有几分疯狂！你们加起来，就是十足的疯狂！"

灵珊嫣然一笑，转身就走。

在门外，韦鹏飞正靠在楼梯上默默地望着她。

"道高一尺，魔高一丈。"她喃喃地说。

"什么意思？"

"我是妖怪，妖怪就是魔鬼，你抵制不了妖怪的诱惑，岂不是魔高一丈？但是，我抵制不了你的诱惑，又算什么呢？"

"所以，我是魔中之魔。"他说。

"我看，你真是我命中之魔呢！"她低叹着。

他们下了楼，走出大厦，沐浴在那如水的月色里。她依偎着他，在这一瞬间，只觉得心满意足。魔鬼也罢，妖怪也罢，她全不管了。冰山也罢，岩石也罢，她也不管了。她只要和他在一起，踏着月色，听着鸟鸣，散步在那静悄悄的街头。月朦胧，鸟朦胧，灯朦胧，人朦胧。

可是，现实是逃不开的，命运也是逃不开的。"幸福"像水中的倒影，永远美丽，动荡诱人，而不真实。世间有几个人能抓住水里的倒影？

这天黄昏，灵珊下了课，刚刚走出幼稚园的大门，就一眼看到了邵卓生，他站在那幼稚园的铁栅栏边，正默默地注视着里面。灵珊心里掠过一阵抱歉的情绪。这些日子来，她几乎已经忘掉了邵卓生！韦鹏飞把她的生活填得满满的，邵卓生多少次的约会都被她回绝了。而今天，他又站在这儿了，像往常一样，他在等她下课。她走了过去，可是，蓦然间，她像挨了一棒，整个人都发起呆来，她几乎不敢相信自己的眼睛，在邵卓生身边，有个少女亭亭玉立地站在那儿，穿着一件米色丝绒上衣和同色的长裤，腰上系着一条咖啡色的腰带，她瘦骨娉婷，飘然若仙。竟然是她梦里、日里，无时或忘的阿裴！邵卓生迎了过来，对她介绍似的说："灵珊，你还记得阿裴吧！"

"是的。"灵珊对阿裴看过去，心里却糊涂得厉害，邵卓生从何时开始，居然和阿裴来往了？但，这并非不可能的事，自从耶诞节后，灵珊和邵卓生就不大见面了，他既然认识了阿裴，当然有权利去约阿裴！只是……只是……只是什么？灵珊也弄不大清楚，只觉得不对劲，很不对劲，阿裴何以会和邵卓生交往？阿裴何以会出现在"爱儿"幼稚园门口？阿裴……怎么如此接近灵珊的生活范围？这，会是巧合吗？还是有意的呢？她站在那儿，面对着阿裴，寒意却陡然从她背脊冒了出来。"刘——"阿裴看着她，迟疑地、细致地、妩媚地开了口，"我可不可以就叫你灵珊？""当然可以！"灵珊说，心里七上八下地打着鼓，"我记得，在耶诞节那夜，我们已经很熟了。"

"是的。"阿裴说，用手掠了掠头发，那宽宽的衣袖又滑了上去，露出她那纤细而匀称的手臂，她站在黄昏的夕阳里，发上、肩上、身上，都被夕阳染上了一抹嫣红和橙黄，她看起来比耶诞之夜更增加了几分飘逸和轻灵。她仍然没有化什么妆，只轻染了一点口红。可是，在她的眼底，在她的眉梢，却有那么一种奇异的寥落，灵珊直觉地感到，她比耶诞夜又增加了几许憔悴！她直视着灵珊，柔声说："我还记得那天夜里，你喝醉了。"

"我一定很失态。"灵珊说，心里却模糊地觉得，阿裴特地来这儿，绝不是来讨论她的醉态的。

"不，你很好，很可爱。"阿裴盯着她，"我们谈过很多话，你还记得吗？"

"不太记得了。"她摇摇头，有些心神恍惚，自己一定泄露了什么，绝对泄露了什么。

"阿裴，"邵卓生插嘴说，"你不是说，要找灵珊带你见一个孩子吗？你朋友的一个孩子？"

灵珊的心脏怦然一跳，脸上就微微变色了。虽然心中早已隐隐料到是这么回事，可是，真听到这个要求，却依然让她心慌意乱而六神无主。她看看邵卓生，立刻看出他丝毫不了解其中的微妙之处，他仍是"少根筋"！她再看向阿裴，阿裴也正静静地望着她。从阿裴那平静的外表下，简直看不出来她心里在想些什么。灵珊挺了挺背脊，决定面对这件事了。"阿裴，"她镇静地说，"那孩子念的是上午班，你今天没有办法见到她。而且，这事必须斟酌，必须考虑。阿裴，你的意思是什么呢？你知道那孩子……"

"我知道！"阿裴打断了她，"那是我好朋友的孩子，我那个朋友已经死了，我只是想见见亡友的女儿！"

"为什么忽然要见她？"灵珊问，"我猜，你那个好朋友——已经——已经去世多年了。"

"是的。"阿裴看着她，那对妩媚的眸子在落日的余晖下闪烁，长长的睫毛，在眼睛上投下一道弧形的阴影。天！她实在美得出奇，美得像梦！她那白皙的皮肤几乎是半透明的，她像个用水晶雕刻出来的艺术品。"或者是心血来潮，"她说，"也或者是年纪大了。"她侧着头沉思了一下，忽然正色说："不，灵珊，我不能骗你。说实话，我想见她，很想很想见她，想得快发疯了！"灵珊心惊肉跳，脸色更白了。

"为什么不直接去找孩子的爸爸？"她问。

"我还没有疯到那个地步！"

"你怎么知道我一定会帮忙呢？"

阿裴低下头去，望着人行道上的红方砖，沉吟片刻。然后，她仰起头来，直视着灵珊："灵珊，到我家去坐一下，好不好？"

"现在吗？"她有些犹豫，今晚韦鹏飞加班，要很晚才能回来，晚上的时间是漫长而无聊的。韦鹏飞，她心里暗暗地念着这个名字，眼睛注视着阿裴。韦鹏飞，阿裴。阿裴，韦鹏飞。老天，她到底卷进了怎样的一个故事？饰演着怎样的角色？"扫帚星，"阿裴温柔地喊，"你帮我说服灵珊，来我家坐坐吧！我弄晚餐给你们吃！"

"灵珊？"邵卓生望着她，祈求地，"去吗？"

灵珊看看阿裴，又看看邵卓生，心里越搅越糊涂，这到底是一笔什么账？终于，她毅然地点了点头。

"好，我去！不过要先打个电话回家！"

"到我家再打吧！"阿裴说，挥手叫了一辆计程车。

上了计程车，车子穿过仁爱路，驶向罗斯福路，过中正桥，往中和驶去。灵珊再看看阿裴，又看看邵卓生，忍不住说："你们两个很熟吗？""耶诞节以后，我们常来往。"阿裴大方地说，"扫帚星和陆超也很谈得来。"陆超？鼓手？主唱？吉他手？灵珊的头脑更绕不清了，她觉得自己像掉进了一堆乱麻里，怎样也理不出一个头绪来。她下意识地瞪视着邵卓生，发现他有些扭捏不安，他绝不像阿裴那样落落大方。看样子，他已经迷上阿裴了。

车子在中和的一条巷子里停了下来。下了车，阿裴领先往前走，原来，阿裴住在一栋四楼公寓的顶层。灵珊一进门，迎面就是一张整面墙的大照片，把灵珊吓了好大一跳。定下神来，才看出是陆超在打鼓的照片，这照片像裱壁纸一样裱在墙上，成了室内最突出的装饰品。

灵珊环顾四周，才知道这是那种一房一厅的小公寓，客厅和房间都很小。但，客厅布置得还很新潮，没有沙发，只在地毯上横七竖八地丢着五颜六色的靠垫和几张小小的圆形藤椅。有个小小的藤桌子，还有个藤架子，藤架子上面放满了陆超的照片，半身的，全身的，演唱的，居然还有一张半裸的！在屋角，有一套非常考究的鼓，鼓上有金色的英文缩写名字 C - C。窗前，挂满了各种各样的风铃，有鱼鳞的，有贝壳的，还有木头的，竹子的以及金属的。窗子半开着，风很大，那些风铃就清清脆脆地，叮叮当当地，咿咿呀呀地……奏出各种细碎的音响。

灵珊看着这一切，不自禁地问："男主人呢？"

"你说陆超？"阿裴看看她，走到餐厅里，餐厅和客厅是相连的，她用电咖啡壶烧着咖啡，一面烧，一面心不在焉似的说："他走了！"

"走了？"灵珊不懂，"走到哪里去了？"

"阿秋家。"阿裴走过来，从小茶几上拿起烟盒，点燃了一支烟，"记得阿秋吗？耶诞夜我们就在她家过的。"

"我记得。"她想着那条金蛇，"你是说，他去看阿秋了？等下就回来？"

"不是，"阿裴摇摇头，喷出了一口烟雾，她的眼光在烟雾下迷迷蒙蒙的，"他和阿秋同居了。"

"哦？"灵珊一惊，睁大了眼睛，喉咙里像哽着一个鸡蛋。"同……同居？"她嗫嚅地说，觉得自己表现得颇为傻气。

"是的，两个月了。"阿裴轻轻地咬了咬嘴唇，嘴角忽然涌上一抹甜甜的笑意，"不过，他还会回来的。"

"何以见得？"灵珊冲口而出。

"他的鼓还在我这儿，他——一定还会回来的。"

"如果他不回来了呢？"灵珊问得更傻了。

阿裴抬眼看她，微笑了起来。笑得好文静，好自然，好妩媚，好温存，好细腻……灵珊从没看过这样动人的笑。她轻轻地、柔柔地、细细地说："那么，我会杀了他！"

灵珊悚然而惊，张大了嘴，她愕然地瞪视着阿裴，觉得一句话也说不出来了。

第
十
四
章

　　对灵珊来说，这是个奇异的夜晚，奇异得不能再奇异，奇异得令人难以置信。她、阿裴和邵卓生，会在一间小小的公寓里，畅谈整个晚上。

　　起先，她在厨房里帮阿裴的忙，她洗菜、切菜，阿裴下锅。邵卓生在客厅里听唱片，奥丽薇亚，赛门和卡芬可，葛雷坎伯尔，东尼和玛丽奥斯蒙……怪不得他对音乐和歌星越来越熟悉。阿裴一面弄菜，一面说："以前我是不下厨房的，自从和陆超在一起，他不喜欢吃馆子，我就学着做菜，倒也能做几个了。以前，陆超常常和他的朋友们，一来就是一大群，大家又疯又闹又唱又吃又喝，整桌的菜，我也可以一个人做出来。"

　　灵珊看着她。不知道该说什么。脑子里却浮起了《爱桐杂记》中的一段——后来，韦鹏飞曾把《爱桐杂记》整个交给她，她也熟读了其中的点点滴滴。那一段是这样写的：

　　欣桐不喜欢下厨房，她最怕油烟味，且有洁癖。
每次她穿着轻飘飘欲飞的衣裳，在厨房中微微一转，
出来时总有满脸的委屈，她会依偎着我，再三问：
　　"我有油味吗？我有鱼腥味吗？"
　　"你清香如茉莉，潇洒如苇花，飘逸如白云！"
　　她笑了，说："别恭维我，我会照单全收！"
　　我看她那飘然出尘之感，看她那纤柔的手指，看
她那吹弹欲破的皮肤，真像个不食人间烟火的仙子！
从此，我不许她下厨房，怕那些油烟味亵渎了她。

　　"你在想什么？"阿裴问。

　　她惊觉过来，发现自己把一棵小白菜已经扯得乱七八糟
了。她看看阿裴，阿裴不知道有《爱桐杂记》，如果阿裴读
了，不知会有怎样的感想？

　　"你一定很奇怪我今天会去找你吧？"阿裴问，把菜下了
锅，那"刺啦"一声油爆的响声，几乎遮住了她的话，她的
脸半隐在那上冲的烟雾里。灵珊惊奇地发现，她连在厨房中
的动作都是从容不迫的、飘逸而美妙的。

　　"是的，非常出乎意料。"她回答。

　　"说穿了，很简单。"她熟练地炒着菜，眼睛注视着锅中
的蒸气，"耶诞节那晚，你一再盘问我的名字，我的年龄。后
来，你喝醉了，对我说：阿裴，你不可能是个六岁孩子的
母亲！"

"我说了这句话吗？"灵珊惊愕的。

"是的，你说了。那时你已醉得歪歪倒倒，我心里却很明白，知道你和楚楚必定有关系。我留下了邵卓生的电话号码，第二天就把邵卓生约出来了。"

灵珊望着手里的菜叶发愣。

"自从我离开了楚楚，这么些年来，我没见过她。她爸爸说，除非我回去，要不然，永不许我见楚楚。我不能离开陆超，就只有牺牲楚楚，我知道，她爸爸会把她带得很好，我并没有什么不放心。何况，她还有爷爷奶奶。我忍耐着不去打听她的一切，这些年来，我真做到了不闻不问。连他们住在哪里，我都不知道。我明白，孩子一定以为我死了。爷爷奶奶一定告诉她，我死了。"她微笑起来，眼睛里有抹嘲弄的意味，"他们是那种人，宁可接受死亡，也不愿接受背叛。"

灵珊不说话，客厅里，唱机中传出《万世巨星》里的插曲："我不知道如何去爱他"。

"我以为，我可以轻易摆脱掉对楚楚的感情，我也真做到了，这些年来，我很少想到她，我生活得很快活，很满足。直到耶诞夜，你说出那句话，我当时依旧无动于衷，后来，却越来越牵挂，越来越不安。第二天，我和邵卓生见了面，才知道你和韦家是邻居，也才知道，你是楚楚的老师。"

灵珊深思地、悄然地抬头看阿裴，心想，你还知道别的吗？你还知道我和韦鹏飞的关系吗？你还知道我不只是邻居和老师，也可能成为孩子的后母吗？阿裴用碟子盛着菜，她那迷蒙的眼神是若有所思的，深不可测的。她看不出她的思想。"其实，"阿裴继续说，"我既然知道了楚楚的地址和学校，我也可以不着痕迹地，偷偷地去看她。但是，我觉得这样做很不光明，也很不方便。我一再说服自己，算了吧，就当我没生这个孩子，就当我已经死了！因为，见了面，对我对她，都没有什么好处。我压制又压制，这几个月来，我一直在和自己作战。但是，今天，我再也熬不住了，我想她想得发疯。"她直视着灵珊："我答应你，我不会给你增加麻烦，明天中午，你把她带出来，我们一起吃一顿午餐，你可以告诉她，我只是你一个朋友。我不会暴露身份，绝对不会。"

"你要我瞒住她父亲做这件事？"

"是的。"

"你怎么知道楚楚不会告诉她父亲？"

"楚楚顶多说，刘阿姨带我和一个张阿姨一起吃饭，就说我姓张吧！韦鹏飞不会知道这个张阿姨是谁。楚楚也不会知道。"

灵珊深深地望着她："我为什么要帮你呢？"

阿裴抬起头来，迎视着她。阿裴那对如梦如雾的眼睛迷迷蒙蒙的，像两点隐在雾里的星光，虽闪烁，却朦胧。她嘴角的弧度是美好的，唇边带着淡淡的微笑，那笑容也像隐在雾里的阳光，虽美丽，却凄凉。她低语着说："你没有理由要帮我的忙，我也无法勉强你。如果我说我会很感激你，我又怕——你不会在意我感激与否。但是——灵珊，"她咬了咬牙，眼里泪光莹然，"我的第六感告诉我，你会帮我的。"灵珊默然片刻，只是呆呆地望着她。"好！"她终于下决心般地说，"我不知道我这样做是对还是错，也不知道这样做的后果是什么。更不知道我为什么要答应你，可是，我答应你了。"

阿裴的脸上绽出了光彩，她的眼睛发亮。

"那么，说定了，明天中午我去幼稚园门口等你！"

"不如说好一个餐厅，我带她来。"

"福乐，好吗？或者她爱吃霜淇淋。"

"好的，十二点半。"

阿裴看了她好久好久。终于，长长地吐出一口气来，她又是泪，又是笑："你是个好心的女孩，灵珊，老天一定会照顾你！"

"未见得！"她低语，"我还没闹清楚，我是人，还是妖怪呢！"

"你说什么？"阿裴不解地。

"没什么。"灵珊掩饰地说，眼光依旧停在阿裴脸上。"阿裴，"她忍不住地开了口，"你为了陆超牺牲了一个家庭，现在，你这样想念楚楚，你是不是——很后悔呢？"

"后悔什么？后悔选择陆超吗？"

"是的。"她侧着头，想了想，"当初跟随陆超的时候，很多人对我说，陆超是不会专情的，陆超是多变的，陆超总有一天会离开我，而我说：陆超爱我三天，我跟他三天，陆超爱我一年，我跟他一年，现在，他已经爱我四年了。"

"可是，你并不以此为满足，是吗？你希望的是天长地久，是吗？刚刚你还说，如果他变心，你会杀了他！"

"是的，我说了。"她出神地沉思，"我已经走火入魔了。"

“怎么？”她不解地。

“我不该这样自私，是不是？可是，爱情是自私的。我应该很洒脱，是不是？我怎么越来越不洒脱了？我想，我确实有点走火入魔！最近，我常常管不住自己的思想和欲望。或者，我快毁灭了。上帝要叫一个人灭亡，必先令其疯狂！”她摇摇头，忽然惊觉，“我们不谈这个！今晚，我太兴奋了。走，我们吃饭去！”把碗筷搬到餐厅，他们吃了一餐虽简单，却很“融洽”的晚餐。席间，邵卓生很高兴，他谈音乐，谈合唱团，谈赛门和卡芬可的分手……灵珊从不知道他会如此健谈，会懂这么多的东西，她用新奇的眼光望着邵卓生。阿裴却始终耐心地、笑嘻嘻地听着邵卓生，偶尔，加上一两句惊叹：“哦，真的吗？”“噢，你怎么知道？”“太妙了！”随着她的惊叹，邵卓生就越说越有精神了。

饭后，他们席地而坐。阿裴抱了一个吉他，慢慢地、心不在焉似的拨着那琴弦。她长发半掩着面颊，衣袂翩然。风吹着窗间的风铃，铃声与吉他声互相鸣奏，此起彼伏，别有一种动人的韵味。阿裴的手指在弦上灵活地上下，琴声逐渐明显，逐渐压住了那风铃的音响。她在奏着那支“我不知道如何去爱他”。灵珊望着她的手指，倾听着那吉他声，不觉心驰神往，听得痴了。忽然间，有人用钥匙在开门，阿裴像触电一般，丢下了吉他，她直跳起来，面颊顿时失去了血色，她哑声说：“陆超回来了！”

果然，门开了，陆超大踏步地走了进来。看到灵珊和邵卓生，他似乎丝毫也不感到惊奇，随意地点了个头，正要说什么，阿裴已经直扑了上去，用胳膊一把环绕住了他的脖子，她就发疯般地把面颊依偎到他脸上去。她的眼睛闪亮，面颊上全是光彩，兴奋和喜悦一下子罩住了她，她又是笑，又是泪，语无伦次地喊："陆超！陆超！陆超！我知道你会回来！我知道！我知道！好运气总跟着我！陆超，你吃了饭吗？不不，你一定没吃！我弄东西给你吃！我马上去弄！你看，你又不刮胡子……你的衬衫脏了！你要洗澡吗？你的衬衫、长裤、内衣……我都给你熨好了，熨得平平的，我知道你爱漂亮，要整齐……"

"别闹我！别这样缠在我身上！"陆超用力把她的胳膊拉下来，又用力把她的身子推开，烦躁地说，"你怎么了？你安静一点好不好？""好！好！好！"阿裴一迭连声地说，退后了一步，热烈地看着陆超，似乎在用全力克制自己，不要再扑上前去。但是，她那燃烧着的眼光却以那样一股压抑不住的狂热，固执地停驻在他脸上。"你要我为你做点什么？"她激动得语气发颤，"你想吃馄饨吗？春卷吗？哦，我先给你一杯酒！"她往酒柜边奔去。"你少麻烦了，我马上要走！"陆超说。

阿裴站住了，倏然回过头来，脸色白得像纸。

"你——明天再走，好吗？"她柔声问，那么温柔，柔得像酒——充满了甜甜的、浓浓的、香醇的醉意，"明天。我只留你这一晚，好吗？你想吃什么，想玩什么，你说，我都陪你！不管怎样，我先给你拿酒来！"她又往酒柜边走。

"我不要酒！"陆超暴躁地说。

　　"那么，咖啡？"她轻扬着睫毛，声音里已充满了怯意，"还是——冲杯茶？""不要，不要，都不要！"陆超简单明快地，"我来拿件东西，拿了就走！"

　　阿裴脸色惨变，她像箭一般，直射到那套鼓旁边，用身子遮在鼓前面，她的手按在鼓上，眼睛死死地瞪着陆超，脸上有种近乎拼命的表情，她哑声说："你休想把鼓拿走！你休想！如果你要拿鼓的话，除非先把我杀掉！"陆超冷冷地望着她，似乎在衡量她话里的真实性。阿裴挺着背脊，直直地站在那儿，她身上那种水样的温柔已经不见了，脸上充满了一种野性的、疯狂的神情，像只负伤的野兽。空气中有种紧张的气氛在弥漫，一时间，屋子中四个人，无一人说话。只有窗前的风铃，仍在叮叮当当，玲玲琅琅，细细碎碎地响着：如轻唱，如低语，如细诉，如呢喃。

　　好一会儿，陆超忽然笑了起来。

　　"傻东西！"他笑骂着，"我说了我要拿鼓吗？"

　　室内的空气陡然间轻松下来了。阿裴的眼神一亮，笑容立即从唇边漾开，同时，泪水濡湿了她的睫毛，她冲过来，又忘形地扑进了他的怀里，用手臂抱着他的腰，她的眼泪沾湿了他的夹克。她低声地，热烈地嚷着："你就是会吓唬我，你吓得我快晕倒了，你信吗？我真的快晕倒了！"灵珊望着她那惨白如大理石般的脸色，心想，她绝没有撒谎，她是真的快晕倒了。陆超的眼里掠过了一抹忍耐的神色，用手敷衍地摸了摸阿裴的头发，说："好了，别傻里傻气的！你今晚有朋友，我改天再来，我只是……"灵珊慌忙从地毯上跳起来。

"陆超！"灵珊说，"你留下来，我和邵卓生正预备走，我们还有事呢！"她对邵卓生丢了一个眼色："走吧！扫帚星！"

"不要！不要！"陆超推开阿裴，一下子就拦在他们前面，"你们陪阿裴聊聊，我真的马上要走！"他回头望着阿裴："我需要一点……""我知道了！"阿裴很快地说，走进卧室去。陆超迟疑了一下，就也跟进了卧室里。灵珊本能地向卧室里看去，正看见陆超俯头在吻阿裴，而阿裴心魂俱醉地依偎在他怀中。灵珊想，这种情形下还不走，更待何时？她刚移步往大门口走去，那陆超已经出来了。一面毫不忌讳地把一沓钞票塞进口袋中，一面往大门口走去。

"阿裴，算我跟你借的！"他说，"我走了！"

阿裴依依不舍地跟到门边，靠在门框上，她的眼睛湿漉漉地看着他。"什么时候再来？"她问，声音好软弱。

"我总会再来的，是不是？"陆超粗声说，"我的鼓还留在这儿呢！"打开大门，他扬长而去。

阿裴倚门而立，目送他顺阶而下。好半晌，她才关上房门，回到客厅里来。灵珊看了看她，说："我也走了。""不！"阿裴求助似的伸手握住她，"你再坐一下，有时候，我好怕孤独！"她的语气和她的神情使灵珊不忍离去。她折回来，又在那些靠垫堆中坐下。阿裴倒了三杯酒来，灵珊摇摇头，她不想再醉一次，尤其在阿裴面前。阿裴也不勉强，她席地而坐，重新抱起她的吉他。她把酒杯放在地毯上，啜一口酒，弹两下吉他，再啜一口酒，再弹两下吉他。眼泪慢慢沿着她的面颊滚落下来。"阿裴，"邵卓生忽然开了口，"你为什么这样认死扣？天下的男人并不止陆超一个。他有什么好？任性、自私、用情不专……""扫帚星，"阿裴正色说，"如果你要在我面前说陆超的坏话，那么，你还是离开我家吧！"

邵卓生不再说话了，端起酒杯，他默默地喝了一大口，默默地看着阿裴。阿裴燃起了一支烟，她抽烟、喝酒、弹吉他。烟雾慢慢地从她嘴中吐出来，一缕一缕地在室内袅袅上升，缓缓扩散。她的眼光望着灵珊，闪着幽幽然的光芒。那酒始终染不红她的面颊，那面颊自从陆超进门后，就像大理石般苍白。她的手指轻扣着琴弦，柔声地说："灵珊，你爱听哪一类的歌？"

"抒情的。"

"抒情的？"她微侧着头沉思，头发垂在胸前，"灵珊，'情'之一字，害人不浅，自古以来，我们对情字下了太多的定义。我最欣赏的，还是'一日不思量，也攒眉千度'的句子！"灵珊猛地一怔，这是韦鹏飞题在阿裴照片上的句子！难道，人生真是一个人欠了一个人的债么？阿裴不再说话了，她只是喝酒、抽烟、弹吉他。不停地喝酒、抽烟、弹吉他。然后，夜深了，阿裴弹了一串音符，开始低声地扣弦而歌，她唱歌的时候，已经半醉了。灵珊和邵卓生离去，她几乎不知道。她低声唱着，声音温柔细腻而悲凉："我不知道如何去爱他，如何才能感动他！我变了，真的变了，过去几天来变了，我变得不像自己了，我不知道为什么会爱他，他只是一个男人，不是我的第一个男人……"

她一边唱着，眼泪一边滑下面颊，落在那吉他上。邵卓生拉着灵珊离开，低声说："她会这样喝酒喝到天亮，我们走吧！"

灵珊走出了那栋公寓，凉风迎面而来，冷冷的，飕飕的，瑟瑟的。她眼前仍然浮着阿裴含泪而歌的样子，耳边仍然荡漾着阿裴的歌声："我不知道如何去爱他，如何才能感动他！"

第
十
五
章

这天中午，灵珊带着楚楚和阿裴又见面了。

说服楚楚跟灵珊来吃这顿中饭，并不像想象中那么容易，楚楚现在是一只易怒的刺猬，整日都在备战状态里，尤其对于灵珊。她已经养成一个习惯，灵珊要她往东，她就要往西，灵珊要她写字，她就要画图，灵珊要她站起来，她就坐在那儿不动。好在，这些日子来，灵珊在教下午班，把她调到上午班，干脆不和她直接发生关系，教楚楚的王老师也叫苦连天："那孩子浑身都是反叛细胞！我巴不得她赶快毕业，让她的小学老师头痛去！"

这天中午，为了说服楚楚跟她去吃饭，灵珊只得用骗术："阿香请假了，你家里没人，我带你去吃饭！"

"我不去！"楚楚简单地说，"我去丁中一家里玩！"

"丁中一又没有请你去！"

"我自己要去，不管他请不请！"

"我知道一个地方，有很好的霜淇淋吃！"

"我不爱吃霜淇淋！"楚楚把头转开。

"还有新鲜的樱桃！"

"我不爱吃樱桃！"

"还有香蕉船，还有汉堡牛排，还有煎饼，还有水果圣代，还有桃子派……"

楚楚用双手蒙住了耳朵："我不听你！我根本不听！"

灵珊大声说："好，你不来，那就算了！我反正已经请过你了，既然你不去吃霜淇淋，我就请丁中一去吃算了。"她往教室里就走，一面问着说，"丁中一呢？周晓兰呢？统统跟我吃霜淇淋去！我请客……"楚楚奔了过来，把小手硬塞进她的手中。

"阿姨，你先请我的！"她说。

"去不去呢？"

"去。"楚楚咽了一下口水，"我要吃桃子派，还要吃香蕉船。"就这样，楚楚跟着灵珊来到了福乐。

阿裴显然早就来了，她坐在一个角落里，正在抽着烟。脸色十分苍白，神情也相当紧张，但是，她并没有醉酒的痕迹，灵珊一直担心她通宵喝酒，会醉得不省人事，现在看来，她却是清醒的，而且，是相当兴奋的。

"楚楚，"灵珊把孩子推到前面来，用昨晚约好的方式介绍说，"这是张阿姨，是我的好朋友。"

楚楚抬头看着阿裴，阿裴手里的烟蒂掉在桌上，她握起一杯冰水，手微微地颤抖着，冰块撞着玻璃杯，发出叮当的响声。阿裴猛饮了一口冰水，眼睛蒙蒙眬眬的，始终没有说出一句话来。楚楚不在意这个张阿姨，她根本无心去管什么张阿姨。坐好之后，她就望着灵珊：

"阿姨，我可以吃香蕉船了吧！"

"你先吃客汉堡牛排，再吃香蕉船！"灵珊说，"不能一上来就吃霜淇淋。"

"我要先吃香蕉船！"楚楚又拗上了。

"不行，你要先吃汉堡。"灵珊也拗上了。

"就……就……就让她先吃香蕉船吧！"阿裴开了口，声音无法抑制地颤抖着。楚楚胜利地抬眼看着阿裴。

"张阿姨说可以！"她叫着。

灵珊看了阿裴一眼，叹了口气。"大人教育不好孩子，就在这种地方！"她妥协地说，"好吧，让她先吃霜淇淋，吃完霜淇淋，她不会再有胃口吃正经的中饭了。""就此一次！"阿裴虚弱地微笑着，"就这么一次。看在我面子上。"

灵珊叫了香蕉船，为自己点了客三明治，她问阿裴："你要吃什么？我猜你还没吃东西！"

"我不吃，"阿裴摇摇头，眼光如梦如幻地停驻在楚楚脸上，"我吃不下。"她伸出手去，情不自禁地轻轻触摸了一下楚楚的面颊，她的手刚握过冰水杯子，很冷，这一触摸，楚楚就直跳了起来，恼怒地叫："不要碰我！"

阿裴缩手不迭，目不转睛地看着楚楚。脸上有股不信任似的、受伤的、痛苦的表情。灵珊笑笑，故作轻松地解释说："这孩子绰号叫小刺猬。她对任何陌生人都是这个样子。她不喜欢人碰她。”“陌生人？”阿裴喃喃地说，燃起了一支烟，她的手不听指挥，打火机上的火焰一直在跳动。“陌生人？”她再重复了一句，凝视着楚楚，声音凄恻而悲凉。

香蕉船来了，楚楚大口大口地吃着霜淇淋，和所有孩子一样，楚楚酷爱甜食，她吃得津津有味，阿裴看得津津有味。灵珊用手托着下巴，呆望着她们两个，一时间，心里像打翻了调味瓶，酸甜苦辣，什么滋味都有。

楚楚被阿裴看得有些不自在了，抬起眼睛来，她望着阿裴。阿裴眼里那份强烈的关切和动人的温柔，使楚楚莫名其妙地感动了，那孩子忍不住就对阿裴嫣然一笑。显然，楚楚对自己刚才的一声怒吼也有点歉意，她居然伸出手去，轻轻地在阿裴手背上抚摩了一下，细声细气地说：“张阿姨，你好漂亮好漂亮呵！”

阿裴一震，眼睛陡然湿了。熄灭了烟蒂，她伸出手去，想抚摩楚楚的头发，又怕她发怒，就怯怯地收回手来。楚楚是“察言观色”的能手，虽然不知道这个张阿姨为什么对自己这么好，她却已经明白这个张阿姨“好喜欢好喜欢”她。她是善于利用机会的，三口两口就“解决”了自己的香蕉船，她说：“我还要吃巧克力圣代！”

“你不能拿霜淇淋当饭吃！”灵珊说，“这样不行……”

“张阿姨！”楚楚求救地看着阿裴。

“灵珊！”阿裴急急地喊，“你就依她一次吧，就这一次！”她伸手叫了女侍，又点了一客巧克力圣代。

灵珊无可奈何地看着阿裴，三明治来了，但是，灵珊也没有胃口了。她只是看看阿裴，又看看楚楚。越看，她就越发现，这母女二人，有很多相似之处，都有漂亮的大眼睛，都有瘦瘦的小尖下巴，都有一种与生俱来的，令人无法抗拒的魅力。楚楚吃着她的巧克力圣代，她对这个"张阿姨"的兴趣来了。她吃一口圣代，抬头看一眼阿裴："张阿姨，你很像……"

"很像什么？"阿裴着魔般地问。

灵珊猛地一震，糟糕！她想起韦鹏飞保留的那张照片，楚楚不可能没看到过那张照片！楚楚一定记起了那张照片！楚楚认出来了，一定认出来了……

"很像电影明星！"楚楚天真地说。

灵珊长长地吐出一口气来。

阿裴勉强地微笑了一下，终于伸出手去，轻轻地握住了楚楚的小手，这次，楚楚没有像刺猬般伤人，反而对阿裴笑了笑。这笑容粉碎了阿裴的武装，瓦解了阿裴的意志，阿裴吸着鼻子，眼泪汪汪。"楚楚。"她轻声低唤，声音柔得像水，"楚楚，你……你怎么不胖呢？楚楚，你……你过得好吗？你快乐吗？你爸爸疼你吗？"

楚楚莫名其妙地看着阿裴。"我爸爸最疼我哩！"她睁大眼睛说，"可是，爸爸要娶后娘了，娶了后娘，就不疼我啦！"

"楚楚！"灵珊变了色，想岔开话题，"你吃完了没有？要不要吃点三明治？"

"我还要霜淇淋！"楚楚一眼看到女侍端着杯水果冻，就叫了起来，"我要吃那个绿绿的东西！"

"楚楚，"灵珊忍无可忍，"你不能这样乱吃！你一点主食都没吃，光吃霜淇淋怎么行？"

"那不是霜淇淋！"楚楚强辩着。

"那是水果冻。"

"我要吃水果冻！"

"不行！"

楚楚转头看着阿裴，娇娇地、媚媚地喊了一声："张阿姨，我要吃水果冻！"

阿裴又被这祈求声大大地震动了，她抬眼看灵珊。"就这一次！"她低低地、哀恳似的说，"就这一次，你让她吃吧！"

"阿裴？"灵珊蹙紧眉头，瞅着她，"什么就这一次？你已经一连使用了三次'就这一次'了！"

"我知道。"阿裴垂下了眼帘，看看桌面，又转头看看楚楚。这一看，她就再也没有办法把目光从楚楚脸上移开了。那孩子正凝视着她，脸上布满了天真的、可人的、温馨的、娇媚的笑意，眼珠黑如点漆，宛若明星，一瞬也不瞬地停驻在她脸上。阿裴呼吸急促，脸色苍白，牙齿紧紧地咬住了嘴唇，咬得嘴唇上全是齿痕。灵珊一句话也不再说，挥手又叫了一客水果冻。

当楚楚解决了水果冻，又要求桃子派的时候，灵珊从位子上直跳了起来："楚楚，我们该走了。我下午还有课！"

"你去上课，"楚楚居然有条理地吩咐，"我和张阿姨在一起，张阿姨，我陪你好不好？"

"不行！"灵珊斩钉截铁地说，拉起楚楚的手，一种近乎恐惧的醋意攫住了她，她忽然感到背脊发凉而冷汗了，"你跟我回去！"

楚楚挣脱了灵珊的手，一半是矫情，一半是任性，她直扑向阿裴，用小胳臂把阿裴拦腰抱住，脸孔整个埋进了阿裴的怀里，嘴里乱七八糟地嚷着："我要张阿姨！我不要你！张阿姨，你身上好香呵！张阿姨，你的衣服好软呵！张阿姨，我好喜欢好喜欢你呵！"她仰起小脸，直视着阿裴，"张阿姨，你来当我的老师吧，我不要她了！"

阿裴激动地揽住了楚楚，她手指颤抖地抚摸着楚楚的头发、面颊、肩膀、手臂……然后就猛地抱起那孩子来，死命地勒紧了她，再也控制不住自己，她满眼眶都是泪水，俯下头去，她疯狂地吻着楚楚的面颊、鼻子、额头……嘴里喃喃地、痛楚地呼唤着："楚楚，楚楚，我的楚楚！我的小楚楚！"

灵珊心惊胆战，那种恐惧的感觉一下子紧紧地包围住了她，再也顾不得礼貌，顾不得面子，更顾不得阿裴的情绪，她死命拉开了楚楚，几乎是把楚楚从阿裴怀里抢下来。她拖着楚楚就往外面走，逃难似的逃出了福乐。楚楚牛脾气发了，开始在那儿尖声怪叫："我要张阿姨，我要张阿姨，我不要你！我不要你！我要张阿姨！"灵珊叫住了一辆计程车，拉着楚楚就上了车，车子绝尘而去。灵珊回头张望，正一眼看到阿裴从福乐里冲了出来，呆呆地站在路边上。风鼓起了她那软绸的衣衫，飘飘扬扬，衣袂翩然。她那惨白的面颊和那身衣服相映，像极了古罗马时代的大理石雕像。到了安居大厦，把楚楚交给阿香，灵珊就赶去上课了。一直到了幼稚园里，她耳边还响着楚楚的呼叫声，那呼叫声像山谷里的回响，连绵不断地，总是在那儿重复："我要张阿姨，我要张阿姨，我不要你！我不要你！我要张阿姨……"这一个下午，灵珊都神思恍惚，总直觉地感到自己做错了一件事，千不该，万不该，不该答应阿裴的请求，让她们母女见面。但是，面已经见过了，有任何不良的后果也已经逃不掉了。黄昏时，一下了课，她就迫不及待地往韦家跑，还好，什么事都没有。阿香说，楚楚很乖，只是把一个洋娃娃给分尸了。对那暴戾成性的楚楚来说，分尸一个洋娃娃，简直是不稀奇的事。晚饭后，灵珊和韦鹏飞又坐在客厅里，计划着他们的未来。灵珍的婚期已经定在七月中旬。因此，灵珊坚持要拖到明年再结婚，她的理由是："无论如何，总该让姐姐先结婚，姐姐嫁了以后，爸妈可能心理上会有些孤独，我该多陪陪爸爸妈妈……"

"别傻了，灵珊！"韦鹏飞打断了她，"婚后，我们又不搬家，两家对门而居，你还不是可以整天待在娘家，和现在并没有什么两样……"

"既然没什么两样！"灵珊说，"那就不用结婚了！还结婚干吗？当一辈子爱人，可能比结婚好！"

"你休想！"韦鹏飞把她拥进了怀里，鼻子对着她的鼻子，眼睛对着她的眼睛，"我要娶你，我要占有你，我要你姓我的姓！"

"你自私！"

"世界上没有不自私的爱情！"

她打了个寒战，这句话，她听阿裴说过。

"怎么了？"他敏感地问，没忽略掉她的战栗。

"没什么。"她掩饰地。

"让我换一种说法吧！"韦鹏飞把她拥得更紧，"我要我属于你，完完全全的。要用我以后的生命，对你做个完整的奉献。我没有办法抹杀掉我的过去，而我的未来，比我的过去长久，比我的过去优秀，比我的过去成熟……我要把它给你！每一分钟，每一秒钟，每一个月，每一年，我要给你！"

她凝视他，眼底流动着光华。于是，他俯下头来，紧紧地、深深地吻住了她。有好一会儿，他们就这样紧贴着，拥吻着，一动也不动。半晌，他才低声说："我们尽快结婚吧！和灵珍同时，好吗？"

"不好，要明年夏天。"

"今年秋天？"他商量地。

"明年春天吧！"

"你不要和我讨价还价。"他撒赖地说，"记得吗？是你提议结婚的，你向我求婚，我答应了，你又推三阻四起来了。"

"我向你求婚吗？"她惊叹地说，"你……你真……真……"

他立即吻住她："不许生气！我和你开玩笑。"他吻着她的头发，又吻她那小小的耳垂，"哦！灵珊，嫁我吧！马上嫁我吧！我要你，等不及地要你！后天，明天，或今天！嫁我吧！我发疯一样地要你……"

"你以前也是这样发疯一般地要阿裴吗？"她忽然说。

他陡然地推开她，愣住了。热情迅速离开了他，他的脸色僵硬，眼光阴郁，那种凶猛的、阴鸷的神态又来到了他的脸上，他瞪着她，喉咙低沉而沙哑："何苦？灵珊？你何苦要说这些？你何苦要破坏掉我们的甜蜜？你何苦这样残忍？"

灵珊睁大了眼睛，恐惧、懊悔、烦恼同时向她袭来，她怔了两秒钟，就骤然投身在他怀里，抱住他，把含泪的眼睛埋在他那宽阔的肩头，她一迭连声地叫着说："原谅我！原谅我！我疯了，我不知道在说些什么？我吃她的醋！我一直在吃她的醋！原谅我，鹏飞！我是那么嫉妒她，嫉妒她曾经占有过你！"

韦鹏飞扶起了她的头，用双手紧紧捧住，他凝视她的眼睛，深沉地、执拗地、哑声地说："灵珊，我怎样可以把这个阴影从我们中间剔除？我怎样可以？"

"不不，"她急促地说，泪珠在眼眶中打转，"不不！没有阴影！我们之间没有阴影！我再也不提她了，我发誓不提了，你原谅我……"

他一把搂紧了她："不要再说！"他喉咙哽塞，"是我该请你原谅！灵珊，你原谅我吧！"

"原谅你什么？"

"原谅我在认识你以前，要去爱别人！原谅我在认识你以前，要去娶别人！"

"哦！鹏飞！"她喊着，紧紧地、紧紧地把头依偎在他肩上，"我们都不提了，好不好？我们都忘记掉那一段，好不好？"

他抚摸着她的头发，恻然无语。室内有短暂的沉寂，然后，有个细细的、软软的童音，打破了这阵甜蜜的、温存的静默："爸爸，阿姨，你们看我的洋娃娃！"

灵珊慌忙抬起头来，和韦鹏飞分开了。他们同时向楚楚看过去，只看到楚楚手中，捧着一个用积木搭成的"家庭"，那"家庭"里有好几个洋娃娃。楚楚把那"家庭"放在桌上，从中间拿起一个洋娃娃，那是个穿着围裙，戴着小白帽子，用布制的，淑女型的洋娃娃。她举着它，灵珊仔细一看，那洋娃娃已手断足折，正是阿香说，被"分尸"了的那一个。她说："你把洋娃娃弄坏了！"

"是的，我把她弄坏了。"楚楚说，"可是，我这里还有好的。"她一个个地拨弄着那"家庭"里的每一分子，一面数说着："这个是爸爸，这个是阿香，这个是我，这个……"她举起一个特别漂亮的洋娃娃，笑着说，"是张阿姨！"最后，她再举起了那个手断足折的，说："这个……是你！"

灵珊的脸色顿时雪白，心脏一下子就沉进了一个又深又冷的冰窖里。她的思想、意识、感情都在刹那间被击碎了。掉转身子，她往门外跑去，韦鹏飞一伸手，就牢牢地抓住了她的手腕。灵珊回过头来，她的眼睛睁得又圆又大，里面盛满了恐惧和悲切，她低低地说："我知道了！我不可能摆脱掉那阴影！永不可能！放开我！让我回去好好想一想。"

他放开了她，回过手来，他一手就把桌上那个"家庭"打落在地上。大踏步跨过去，他用力践踏着那个"家庭"，把所有的积木和洋娃娃都踏成碎片。楚楚惊呼了一声，尖叫着："我的洋娃娃！我的洋娃娃！"

　　韦鹏飞举起手来，毫不考虑地就对楚楚重重地挥去一掌。灵珊闪电般扑过来，用身子遮住了楚楚，韦鹏飞这一掌就打在灵珊头上，灵珊头中嗡然一响，天旋地转，身不由己地跌倒在地毯上。刹那间，室内是一片死样的沉寂。楚楚吓呆了，灵珊吓呆了，韦鹏飞也吓呆了。

　　似乎过了一个世纪那么长久，灵珊才有了意识，她看到韦鹏飞在她身边跪了下来。他伸手扶起她，再托起她的下巴，注视她的眼睛，他们两人对视着，两人眼里都充满了惊惧、恐慌与痛楚。然后，他们就一言不发地，紧紧地抱在一起了。

　　楚楚仍然呆立在一边，愣愣地看看他们。

第十六章

接下来的一段日子，表面上十分平静。

夏天来了，刘家上上下下，充满了一片喜气，灵珍和张立嵩在多年相恋之后，终于择定七月结婚。从五月开始，刘家就忙翻了天，买衣料，做礼服，选家具，订礼堂，买首饰，备嫁妆……不知怎么有那么多事要做、要忙。连灵武也跟在里面忙，印请帖，买鞭炮，跑腿，打杂……都是他。他笑嘻嘻地说："忙完大姐，就该忙二姐了。"

"忙完二姐，就轮到你了！"张立嵩说。

"我？早着呢！"灵武也不害臊，大大方方地说，"我的女朋友，要比我小得多才好！"

"那么，你等楚楚长大！"灵珍说。

"少胡扯！"刘太太插嘴，"乱了辈分了！"

"哈！"灵珍笑着说，"妈，假若灵武真爱上楚楚，在血统上是毫无关系的，在辈分上差了一辈，这算不算是乱伦？"

"当然算！"刘太太说，"上次有部电影开拍，因为女主角叫了男主角的母亲一声干妈，新闻局都不批准。可见，我们中国人对'伦'字看得多重。"

"我倒知道真有这样一个故事，"刘思谦说，"我有个朋友，他就爱上了他姐夫和前妻所生的女儿。两个人虽然辈分不同，但年龄只差两岁，完全是郎才女貌，天造地设的一对，就是无法结婚。"

"后来怎么办？"灵珊急急地问。

"后来吗？"刘思谦慢腾腾地说，"姐姐同情弟弟，父亲爱护女儿，最后，姐姐和姐夫离婚，成就了小的一对。姐姐姐夫一离婚，姻亲关系中止，也就无'伦'可乱了。"

"拆散一对，成就一对，这也没什么道理。"刘太太颇不以为然，"故事倒蛮动人的。"

灵珍说："是个很好的小说材料，只是，写了会挨骂，被称为'畸恋'。"

"小弟，"张立嵩正色对灵武说，"所以，你千万别去喜欢楚楚，此事危险！大大的危险！"

"你们少胡扯了！"灵珊笑着骂。

"那个小魔头吗？"灵武也笑着骂，"只有神经不正常的人，才会喜欢她！她是个小魔鬼，小野兽！"

而这些日子来，这个小魔鬼、小野兽却出奇地听话，自从那一天，灵珊代她挨了一掌之后，她似乎也有点良心发现，对灵珊，她不像前一阵那样暴戾嚣张了，也不像前一阵那样任性乖讹了。但是，灵珊总觉得，这种平静只是表面上的，隐隐中，总有那么一种不安的情绪在灵珊内心深处蠢蠢欲动，也却总有那么一种不妥的感觉，经常使灵珊心惊肉跳而情绪不宁。果然，这天黄昏，灵珊一下了课，就发现阿香站在校门口等她，见到了她，阿香急急地说："二小姐，你有没有看到楚楚？"

"楚楚？"灵珊一怔，"她不是中午就回家了吗？"

"她没有回来，她不见了！"

"没有回来？"灵珊大惊，"中午你没接她吗？"

"我接了，她说去一下丁中一家，马上就回来，我想丁家就在隔壁大厦里，就让她去了，可是，刚刚我去丁家接她，丁中一说她根本没去！"

"有这种事？"灵珊心里闪电般掠过了一个念头，"这种情形是不是第一次发生？"她问。

"以前也有两三次，她说去丁家或者是吴慧慧家，可是，都在下午三四点钟，就自己回来了。像今天这么晚还不回来，还是第一次。"

"以前？"灵珊的脸色变了变，"多久以前？"

"就是最近一个月的事，"阿香傻呵呵地说，"她好像突然间喜欢交朋友了，以前，每次要她去找小朋友玩，她都不肯！"

"小朋友？"灵珊喃喃自语，"我真希望只是小朋友，但是，恐怕不是小朋友！"她抬头看着阿香，把自己手中的书本交给她："好，阿香，你先回去，帮我和家里说一声，别等我吃晚饭，我找楚楚去！"

"你——"阿香怀疑地说，"你知道楚楚在什么地方吗？"

"我想我知道！"灵珊说，"你走吧！放心，她不会有什么事。"她想了想，又叮嘱了一句："别告诉她爸爸她失踪了，就说她和我在一起呢，我负责把她带回来！"

阿香一走，灵珊就到公用电话亭里，找出自己随身携带的电话号码簿，拨了一个电话到阿裴家。

接电话的正是阿裴。灵珊劈头第一句话就问："阿裴，楚楚是不是在你那儿？"

阿裴顿了顿，接着，就长叹了一口气，说："灵珊，很对不起，你听我解释……"

"不用解释，"她打断了阿裴，"你只告诉我，她是不是在你那儿？"

"是的。我正预备送她回家。"

送她回家？灵珊看看表，这个时间，搞不好就会和韦鹏飞撞个正着！而且，这件事已经不对劲了，有问题了。她慌忙说："你别送她来，我去接她！"

挂断了电话，她叫了一辆计程车，就直奔阿裴家，好在，那晚上的记忆犹新，路并没走错，半小时后，她已经停在阿裴的房门口了。房门开了，阿裴习惯性地穿着一袭白衣，亭亭玉立地站在房门口。灵珊对她望去，不禁暗暗吃了一惊，一个月不见，她憔悴了好多好多，也消瘦了好多好多。她本来就瘦，现在看来更是瘦骨支离而弱不禁风。她眉梢带着轻愁，眼底带着幽怨，只有嘴角边却带着个盈盈浅笑，而那浅笑，看起来都是可怜兮兮的。灵珊深吸了口气，心想，她似乎在生病，要不然，是陆超完全背叛了她？想到这儿，灵珊就不自禁地对那套鼓望去，还好！那鼓依然放在墙角，很醒目，引人注意。灵珊走进屋来，这才看到楚楚，她坐在一堆靠垫中间，正玩着一种名叫 LEGO 的玩具，那是一块块小型的塑胶片，可以拼凑出各种不同的形状。目前，那儿已经拼好了一个大机器人和五六个小机器人。灵珊心中又一紧，她知道这种玩具奇贵，阿裴居然去买！而且，看样子，她们是母女在一块儿拼，才可能拼出这么多东西，楚楚自己，从来就没有这么大的耐心！

"灵珊，"阿裴手里还握着一块塑胶片，她追在她后面，讨饶似的说，"你别骂楚楚，都是我……我不好，我……我实在熬不住要去接她。我……我想她！灵珊，你不要生气，也不要骂她，好不好？"

楚楚一看到灵珊，就已经在那儿尖叫了：

"我不要回家！张阿姨，我要和你住在一起！我不要回家！张阿姨……"灵珊看了看这个局面，就一把拉住阿裴的衣袖，把阿裴一直拉进了厨房里，关上厨房的门，不要楚楚听到她们的谈话。她直截了当地说："阿裴，你不守信用！你答应过我，你只见她一面！"

"是的，灵珊。"阿裴坦白地说，眼珠黑幽幽地闪着光，"我很对不起你！"

"这不是对得起对不起的问题！"灵珊说，"你这样做对楚楚有害而无益！你教她撒谎，教她骗人，又带着她玩，耽误她念书……你这样做不是在爱她，根本是害她，你知不知道？”

“对不起。”阿裴再说，睁大了眼睛，眼珠雾蒙蒙地。一脸的逆来顺受，一脸的抱歉，一脸的可怜相。她只是一迭连声地说，“对不起，灵珊，实在对不起！”

“你不要一直说对不起！”灵珊有些冒火，“这孩子本来就是个小暴君，现在被你这样乱宠和溺爱，将来谁还管得好她？你怎么一点理智都没有？你……”

“我知道。”阿裴低低地说，“我一生都缺乏理智，每次做错事都因为没有理智。我……实在没办法。灵珊，”她沉吟地、轻轻地咬了咬嘴唇：“你原谅我。有一天，你也会做母亲，那时候，你就会了解。”

“我如果做了母亲，”灵珊冲口而出，“我绝不抛弃我的女儿，如果真抛弃了，我就不再去搅乱她的生活！”阿裴一怔，霎时间，她那本就没有血色的脸，立刻变得更加惨白，她用手扶住水槽，身子晃了晃，似乎马上就要昏倒。灵珊大喊，慌忙抱住了她，急急地说：“你别难过，我不是有意的！喂喂，你怎么了？”

阿裴摸索着坐进一张椅子里，灵珊看她脸色不对，身子又一直摇摇欲坠，就不敢放开她。她握住了她的肩膀，这才发现，她那肩胛瘦骨嶙峋。阿裴用手支住额头，半晌不语不动，然后，她呻吟着说：“麻烦你递给我一杯酒，在……在客厅里！”

灵珊奔到客厅，楚楚又坐在靠垫堆中玩机器人。灵珊无暇去管楚楚，拿了酒瓶酒杯，她回到厨房。阿裴靠在椅子里，面如白纸，双目紧闭，她看来毫无生气，灵珊吓了一大跳，慌忙喊："阿裴！阿裴！"阿裴睁开眼睛来，对灵珊勉强一笑，灵珊才松了口气。倒了一杯酒，她递到阿裴唇边，阿裴接了过去，一仰而尽。灵珊担忧地看着她，问："阿裴，你是不是病了？你不舒服吗？"

"没有。"阿裴勉强地说，"我没病，我只是这儿不舒服，"她用手指指心脏："这是种不治之症。"

"心脏病？"灵珊问得傻气。她觉得，她在阿裴面前永远有点傻气。

"你知道不是心脏病。"阿裴低语，接过酒瓶来，她再喝了一杯酒，两杯酒下肚，她的面颊才稍稍透出了一点儿红色，"是心病。"灵珊怔怔地看着她。

"阿裴，"她歉然地说，"我刚刚说得太激动了，我并不是有意要刺激你。"

"我知道。"阿裴注视着手里的酒杯，她旋转着杯子，出神地望着那水晶玻璃折射出来的反光，"你说得很对，很有道理。灵珊，"她咬咬牙，"带她去吧，我答应你，我不再见她了！我不应该再见她了！我早就——没有权利见她了！"

灵珊站在那儿不动，像催眠似的看着阿裴。

阿裴终于振作起来了，把酒杯放在桌子上，她站起来，甩了甩披肩的长发，毅然地说："走吧！灵珊！带她去吧！"

灵珊被动地走向门边，伸手去扭动那门钮。

忽然间，阿裴的手盖在她的手上了，她回过头去，阿裴的眼睛亮晶晶的，脸上的神情十分奇异，她低声说："楚楚告诉我，你快要当她的后娘了！"

灵珊的心脏怦然一跳，她迎视着阿裴的眼光，默然不语。阿裴深深地凝视着她，一时间，她们对视，似乎都有千言万语，而都不知从何说起。半晌，还是阿裴先开口，她喉咙沙哑地说："请你好好照顾这个孩子！"

"只怕——她不肯接受我！"灵珊不由自主地说。

阿裴轻轻地摇摇头。"她会接受你！"她说，"她一直对我骂你，说你这样不好，那样不好，说你凶，说你可恶……但是，她从头到尾只谈你，不谈别人！她心里……"她深刻地、低沉地、有力地说："只有你，没有别人！"灵珊的心跳加速。"再有，"阿裴说，"恭喜你！你找了一个最有深度，最懂感情，最值得人倾心相许的一个男人！我常想，将来不知道谁有福气，能够得到他！"她上上下下地打量灵珊："灵珊，你们两个，都很有眼光。"灵珊的心跳得更快了，血液加速了运行，她无法说话，只是痴痴地注视阿裴。后者眼里逐渐被泪水充满，她颤声地再说了几句："记得我爱唱的一支歌吗？寄语多情人，花开当珍惜！灵珊，别轻视你手里拥有的幸福，永远别轻视！"

打开了房门，她在灵珊的神志还没恢复以前，就大踏步地跨进了客厅。楚楚已经在那儿不耐烦了，看到阿裴，她就扑了过去，叫："张阿姨，你带我去看电影！"

"不行！"阿裴说，"你要跟刘阿姨回家了！"

"我不要回家！我不要回家！"楚楚暴跳着。

阿裴蹲下身子，把楚楚紧拥在怀中，她拥得那么紧，好像恨不得把楚楚吞进肚子里去。然后，站起身子，很快地把楚楚推进灵珊怀里，粗声说："带她去吧！她是你的了！"

灵珊愕然地抓住楚楚的手，望着阿裴，阿裴走向酒柜边去倒酒，用背对着她们，哑声说："还不快走！"

灵珊蓦然间明白过来，阿裴是决心和楚楚永别了，也是和灵珊永别了，她不愿再来打搅她们的生活了。她曾有过的一切：楚楚、鹏飞、家庭、幸福……如今都是灵珊的了。她背对着房门，那背影修长、孤独、寥落地挺立在那空旷的房间里，挺立在那黄昏的暮色苍茫之中。

灵珊不敢再看她，不忍再看她。拉住楚楚走出房间，她带上了房门，像逃难般直冲下四层楼，到了楼下，她早已泪水盈眶而胸中酸楚。脑子里一直萦绕着的，是阿裴那孤独的背影和她那凄凉的语气："别轻视你手里拥有的幸福，永远别轻视！"

回到安居大厦，早已是万家灯火的时候了。怕韦鹏飞和阿香着急，她直接把楚楚送到四A。心中在盘算者，关于楚楚的去向，该怎样对韦鹏飞说。还没盘算出个结果来，房门开了，接着，就是楚楚的一声欢呼："奶奶！奶奶！奶奶来了！我想死你了！我好想好想你啊！"

哎呀，不好！灵珊想，韦家二老来看儿媳妇了，自己穿得太随便了，还是先躲回家去再说。她正想悄悄溜开，韦鹏飞已一把握住了她的手腕，把她拖进了房里，笑嘻嘻地说："爸爸，妈，这就是灵珊！"

灵珊逃不掉了，站在那儿，她面对着韦先生和韦太太。

定睛一看，才发现这对夫妇年纪并不大，大约都只有五十岁，韦先生身材瘦高，相貌清冷，一副文质彬彬的样子。韦太太却已经发福，微胖而并不臃肿，高贵而不失雅致。两个人都注视着灵珊，面带微笑，却也都有种"评审"的意味。韦太太怀抱里还紧搂着楚楚。灵珊不敢多看，只觉得心脏怦怦乱跳，面颊发热，微微地弯下腰去，她清脆地喊了一声："韦伯伯！韦伯母！"韦太太上上下下地打量了她一番，就走过来，对灵珊和颜悦色地说："灵珊，我们早就要到台北来看你了，只因为你韦伯伯的工作太忙，走不开，拖到今天才来，你可别见怪。"

"伯母，您说哪儿的话？"灵珊慌忙说，"是应该我到高雄去给伯父伯母请安的，我没先去，劳动您两位先来，已经让我够不安的了，您别再和我客气吧！"

韦先生笑吟吟地望着灵珊："灵珊，听说你治好了我这个儿子的酗酒和忧郁症，又在治疗我孙女儿的坏脾气，你帮了我们两代……不，是三代的大忙，你要我们怎么谢你？"

"哎呀，韦伯伯，"灵珊面红耳赤地看着韦先生，又是羞又是笑地说，"您别和我开玩笑吧！我给他们的绝没有他们给我的多，我又该怎样谢您两位呢？"

"谢我们？"韦先生不解地，"为什么要谢我们？"

灵珊看了韦鹏飞一眼，含羞不语。

韦先生忽然会过意来，忍不住拊掌大笑。

"是，是！灵珊，你该谢我们，没有我们，哪儿有鹏飞，我们固然生了个好儿子，却也给你造就了个……"

"韦伯伯！"灵珊轻唤着，打断了韦先生的话。

韦太太一直在旁边左望灵珊，右望灵珊，从她的头看到她的脚，突然转过头去，对韦鹏飞正色说："鹏飞，你这孩子太可恶了！"

"怎么了？"韦鹏飞吓了一大跳，偷眼看灵珊，灵珊也微微变色了。

"你只告诉我们，灵珊多漂亮，多精灵，多秀气！你就没告诉我们，她是这么能言善道，这么落落大方，又这么知书达理的！你如果说详细一点，我们再怎么忙也要早些赶来看她的！假若我知道是这样一位大家闺秀呵，我早就放了一百二十个心了！"

韦鹏飞用手拍了拍胸口："妈，你可真会吓人，一句话吓得我心跳到现在，吓得灵珊脸都白了，你瞧！她就是怕你这个恶婆婆不好处，你还要故弄玄虚！"

"鹏飞！"灵珊喊，脸更红了，"你说些什么？"

"怎么？"韦先生笑着问，"你不愿意要这个恶婆婆吗？还是不想要我这个恶公公呢？"

"不，不是的……"灵珊一说出口，就发现上了韦先生的当，这表示她千肯万肯，迫不及待要当韦家的媳妇了。她可没料到，五十岁的韦先生还这么风趣洒脱。她虽然立即住口，韦先生已放声大笑，一边笑，一边说："恶婆婆，你还不把见面礼拿出来，给咱们这个漂亮的儿媳妇！"韦太太从皮包里拿出一个盒子来，里面是条镶钻的白金项链，灵珊慌忙说："不，不行，韦伯母，太名贵了！"

"别傻了！"韦鹏飞说，"妈的算盘早就打好了，送给你，你还不是带回韦家来，一点也不吃亏！"

"鹏飞！"韦太太边笑边骂，"你以为你妈是小气鬼吗？这孩子对长辈一点敬意都没有，灵珊，你可别学他！快过来，让我给你戴上。"

灵珊含羞带怯地走过去，弯下身子，让韦太太帮她戴上。韦太太笑着把她的长发掠了掠，满意地叹口气说："到底是年轻人，穿什么都漂亮，戴什么都漂亮！"

"不是年轻人，"韦先生说，"是漂亮孩子，怎么打扮都漂亮！"

"韦伯伯，"灵珊惊奇地说，"韦伯母对你很放心吗？"

"怎么说？"韦太太怔了怔。

"我觉得韦伯伯是很危险的！"灵珊伸出手亲热地拉住韦太太的手，"韦伯母，韦伯伯好会说话！好会让女孩子喜欢！"

韦先生又大笑了起来，韦鹏飞也斜睨着灵珊笑，韦太太也笑，一时间，满屋子都是笑声。然后，楚楚细声细气地说了一句："奶奶！我饿了！"

"哎哟！"韦太太叫，"我们把吃饭的大事都忘了，赶快，鹏飞，去隔壁告诉亲家们一声，咱们该出发到顺利园去了！"

"亲家？顺利园？"灵珊困惑地。

"你还不知道吗？"韦鹏飞说，"爸妈一来，就先和你父母攀上了交情，爸在顺利园订了一桌酒席……"

话没说完，大门开了，灵武满头大汗地伸进头来，嘴里乱七八糟地大叫大嚷着："对不起，铬钒钢，我二姐到现在还没回家……哎哟！二姐，你原来在这儿！我到处找你！你公公婆婆来了，你就连家都不要了……"

"小弟！"灵珊喊。

"正好，灵武，"韦鹏飞说，"我们该出发去吃饭了！你告诉你爸爸和妈妈一声。""爸爸，妈妈，大姐，张公子……全准备好了！"灵武说，"咱们这就走吧，铬钒钢！"

韦先生望着儿子，困惑地问："你能不能告诉我，你为什么要改名换姓？这铬钒钢三个字也还不错，但是，把祖宗忘了，总有点不妥！"

韦鹏飞还没回答，刘思谦已大踏步而来："这个吗？"刘思谦说，"这是个长故事，你应该问我，让我慢慢讲给你听！"

当两家人浩浩荡荡地出发去顺利园的时候，灵珊还轻飘飘的，像做梦一般。她实在无法相信，韦鹏飞的父母居然如此平易近人而又和蔼可亲。由于韦鹏飞第一次婚姻的失败，灵珊多少有点认为是韦家二老要负一些责任，认为他们可能是刁钻古怪而百般挑剔的！现在才知道恰恰相反，她耳边浮起阿裴刚刚的话："别轻视你手里拥有的幸福，永远别轻视！"

原来，这幸福是这么多，这么丰富，这么满满的一大捧啊！

　　灵珍的婚礼过去了。刘家少了一个人，陡然好像清静了好多。尤其是灵珊，本来两个人住一间屋子的，现在搬走了一张床，房间就显得又大又空旷。晚上，没有人和她争执、吵嘴、辩论、抬杠以及互诉心事，她就觉得什么都不对劲了。有好长一段时间，她很不自在，一回到卧房，还会习惯性地推了门就说："姐，我告诉你……"

　　等到发现房间的变化，她才蓦然醒悟过来。站在那儿，想到灵珍终于嫁入张家，想到灵武常常念一首歌谣来嘲弄张立嵩，其中头两句就是："张相公，骑白马，一骑骑到丈人家……"

　　最后两句是："罢罢罢，回家卖田卖地，娶了她吧！"

　　现在，张相公不必骑马到丈人家来探望"她"了，因为，"罢罢罢"，他终于"娶了她"了！想着想着，她就会痴痴地傻笑起来。由张相公和灵珍的婚礼，她就会想到自己和韦鹏飞，婚期在两家家长的商量下，已定在年底。灵珊真不能想象，自己也结婚之后，家里会多么寂寞，好在，韦家和刘家是对门而居！真该感谢这种大厦！她模糊地想起，自己第一次在楼梯上捉住那又抓又咬的韦楚楚，那时，她何曾料到这竟是一段姻缘的开始！韦楚楚，想到这孩子，她就要皱眉，暑假之后，楚楚进了小学，她不再抓人咬人踢人打人，逐渐有了"小淑女"的味道。但是，她对灵珊的敌意却丝毫未减，从热战变成了冷战，她永远冷冰冰，永远尖利，永远保持着距离，永远是一座融解不了的冰山。难怪刘太太常说："韦家什么都好，鹏飞和他的父母都无话可说，只是，我最最不放心的，还是那个孩子！唉！人生都是缘分，也都是命！灵珊。"刘太太忽然想了起来，"那个邵卓生呢？他怎样了？有物件了没有？"邵卓生？扫帚星？少根筋？是的，灵珊有很久没有看到他了，只在灵珍的婚礼上，他匆匆前来道贺，婚礼未完，他就提早而去。以后，灵珊也失去了他的消息。但是，灵珊那么忙，忙于和韦鹏飞捕捉黄昏的落日，忙于享受青春，享受恋爱，她哪儿还有精神和时间去管邵卓生？

可是，这天黄昏，邵卓生却来找她了！

已经是初秋时分，白天就整天阴云欲雨，黄昏时，天气是暮色苍茫而凉意深深的。幼稚园门口的凤凰木，已经开始在落叶了，地上，那细碎的黄叶薄薄地铺了一层，像一片黄色的氍毹。邵卓生站在凤凰木下，依旧瘦高，依旧漂亮，只是，那往日憨厚而略带稚气的面庞上，如今却有了一份成熟的、深沉的抑郁。"灵珊，我们散散步，走走，谈谈，好不好?”他说。连语气里都有种深沉的力量，让人无从拒绝。

“好的。”灵珊抱着书本，跟他并肩走在那铺满红砖的人行道上。“你什么时候结婚？”邵卓生问。

“年底吧！”灵珊答得直爽。

“快了嘛！”他深深地看了她一眼。

“是快了。”他望着脚底的红砖，沉默地往前跨着步子，好像他要数清楚脚底下有多少块方砖似的。半晌，他才笑笑说，“灵珊，你知不知道，有一段时间，我真希望能够娶你。”

“还提它做什么？”灵珊故意淡淡地说，也望着脚下的方砖，心里浮起了一丝歉意。但是，那歉意也像秋季的晚风，飘过去就不留痕迹了，“我想，每个人有每个人的命运，属于他的，他丢不掉，不属于他的，他要不来！邵卓生，总有一天，属于你的那份幸福，会到你身边来的！”她微侧过头去打量他，“或者，已经来了？”

邵卓生黯然一笑：“或者，我有些命苦，”他说，“我永远在追求一份不属于我的东西。”

“你的意思是……”她不解地，“算了，别谈这些！”

他打断她：“灵珊，我祝你幸福！我想，你的选择一定是对的，你需要一个比较成熟，有深度，能给你安全感和有男性气概的男人！”

“噢，”她惊奇地望着他，“你变了！邵卓生，你好像……好像……”

“长大了？”他问。

“是的，长大了。”

"人总要长大的呀！"他笑笑，"总之，灵珊，我要祝福你！"

"总之，我要谢谢你！"她也微笑了笑。

他又开始沉默了，走了一大段，他都是若有所思的。灵珊明白，他今天来找她，绝不止于要说这几句祝福的话，她在他眉梢眼底，看到了几许抑郁和几许烦忧，他是心事重重的。

"邵卓生，"她打破了沉默，"你有事找我吗？"

"是的。"邵卓生承认了，抬起头来，他定定地看着灵珊，低语了一句，"为了阿裴！"

"阿裴？"她浑身一震，瞪视着邵卓生，冲口而出地说，"你总不至于又去欠阿裴的债吧？"

"你别管我，我这人生来就为了还债的！"

灵珊呆了，怔怔地看着邵卓生，她是真的呆了。以往，她曾有过隐隐约约的感觉，觉得邵卓生可能喜欢阿裴，但是，这感觉从未具体过，从未证实过。现在，由邵卓生嘴里说出来，她才了解他刚刚那句"我永远在追求一份不属于我的东西"的意义。她想着自己、阿裴、韦鹏飞、邵卓生、陆超……之间种种错综复杂的关系，忍不住深深地吸了口气。"人与人之间，像一条长长的锁链，"她自言自语地说，"一个铁环扣住另一个铁环，每个铁环都有关联，缺一不可。"邵卓生没有搭腔，他对她的"锁链观"似乎不感兴趣，他的思想沉浸在另一件事情里。

"灵珊，"他低沉地说，"陆超终于把他的鼓拿走了。他是趁阿裴去歌厅唱歌的时候，偷偷开门拿走的。你知道，他把鼓拿走就表示和阿裴真的一刀两断了，再也不回头了，他拿走了鼓，还留下了房门钥匙，和——一笔钱，他把陆续从阿裴那儿取用的钱全还清了，表示两人之间是干干净净了。"

"哦？"灵珊睁大了眼睛，有种近乎恐惧的感觉从她内心深处往外扩散，她觉得背脊发冷，"那么，阿裴怎么样？"

"那晚，是我从歌厅把她送回家的，她一看到鼓不见了，再看到钥匙和钱她就晕过去了。这几天，她一直病得昏昏沉沉的，我想把她送医院，可是她不肯，她说，或者陆超还会回来！"

"她……她……"灵珊急得有点口齿不清，"她还在做梦！她怎么傻得像个呆子！""我很担心，灵珊。"邵卓生深深地望着她，"阿裴的情况很不妙，她似乎无亲无故，她的父母好像都在国外，她告诉过我，父母都和她断绝了关系，只因为她坚持和陆超在一起。现在，她又病又弱，不吃不喝，医生说，她这样下去会凶多吉少，我……我实在乱了方寸，不知道该怎么办才好！昨晚，她和我谈到你，她一直谈你，昏昏沉沉地谈你。于是，我想，你或者有办法说服她去住院！"

灵珊瞪大眼睛直视着邵卓生，急得破口大骂："邵卓生，我还以为你进步了，原来，你还是少根筋，莫名其妙！"

"怎么？"邵卓生尴尬而不安，"我也知道不该把你卷进来，我明白你们两个之间的关系微妙……"

"微妙个鬼！"灵珊说，"我骂你，是因为你糊涂，因为你少根筋，阿裴病得要死，而你还在跟我兜圈子，闹了那么大半天才扯上主题，你真要命！"她挥手叫住了一辆计程车，"等什么？我们还不赶快救人去！"

邵卓生慌忙跟着灵珊钻进车子，大喜过望地说："灵珊，怪不得阿裴一直夸你！"

"她说我什么？"

"她说你单纯，你善良，你会得到人生最高的幸福！说完，她就哭了，哭了好久好久。"

灵珊心中发热，鼻中酸楚。一路上，她不再说话，可是，在她心里，总有那么一种紧张的、恐惧的感觉，越来越重地压迫着她。她心惊胆战，好像大祸临头了似的。车子越驶近阿裴处，这种预感就越强烈。好不容易，车子到了，他们跳下了车，冲进公寓，连上了四层楼，邵卓生取出钥匙来开了门。灵珊心里闪过一抹好奇：原来邵卓生也有阿裴的钥匙！然后，她就冲进房间，直接奔向阿裴的卧室，推开房门，灵珊就愣住了。房里空空如也，一个人影也没有，床上的被褥凌乱，证明刚刚还有人睡过。灵珊推开浴室的门，也没有人，灵珊扬着声音喊："阿裴！阿裴！阿裴！"

同时，邵卓生也在厨房里、阳台上到处找寻，最后，他们都确定房里并没有人，阿裴不见了。站在客厅里，他们两个面面相觑。"你什么时间离开阿裴的？"灵珊问。

"去找你的时候，大概五点钟。"

"那时候她的情形怎么样？"

"今天比较好些，医生给她打了针，她好像精神好多了，还下床弹了一会儿吉他。"

"她说过些什么吗？"灵珊尽力思索，在记忆的底层，有那么一线闪光在闪动。

"她说过一句比较古怪的话。"

"什么话？"

"她说——她应该——"忽然间，邵卓生脸色发白，他瞪着灵珊，"她说她要杀掉他！我以为——那只是她的一句气话！"他猛然往厨房冲去。

"你干吗？"灵珊问，"我找刀，她有一把好锋利的水果刀，有次她拿那把刀削椰子壳，削得好容易，当时，她笑着说：这刀子用来杀人倒简单！"灵珊的背脊发麻，浑身的鸡皮疙瘩都起来了。

"刀呢？"她哑声问。

邵卓生在抽屉中一阵乱翻："没有了。她带着刀子走了。"他恐惧地望着灵珊，"她手无缚鸡之力，难道她会……"

"陆超住在哪里？阿秋家吗？"灵珊急促地问，"你认不认得那地方？"

"认得。"

"我们去吧！快！"冲下了楼，叫了车，阿秋家在天母，车子似乎永远开不到，这条路漫长得像是永无止境，而灵珊的血液却一点一滴地凝结了起来。她仿佛已经看到陆超，浑身的血，胸口插着利刃。而阿裴呢？弱不禁风的，瘦骨婷婷的，穿着一袭飘飘欲仙的白衣，却戴着脚镣手铐……她激灵灵地打了个冷战。

终于，车子停在一栋花园洋房的前面。这花园洋房，灵珊在耶诞节晚上来过，只是当时已经醉得昏昏沉沉，几乎没有什么印象了。邵卓生按了门铃，回头对灵珊说："看样子没有事，这儿安静得很。如果有什么意外发生，不应该这样平静。"真的，这儿绝不像个"凶杀案现场"，灵珊透了口气。心想，自己是侦探小说看多了，幻想未免太丰富了一些。正想着，门开了，一个下女站在门口。

"请问，阿裴有没有来？"邵卓生问。

"刚来不久！"

刚来不久？灵珊的心又怦怦乱跳起来。果然，她来了这儿，带了刀子来这儿，还会有好事吗？

"陆先生在不在？"她急急地问，或者陆超不在家。

"在呀！他们都在客厅里！"下女让到一边。

灵珊不再多问，跟着邵卓生就走进一间好大、好豪华的客厅里。一进去，灵珊就看到了阿裴：又瘦，又憔悴，又苍白，又衰弱，她有气无力地仰靠在一张沙发里，手中握着一杯酒。陆超正站在她面前，沉吟地、含笑地、若有所思地望着她。那个阿秋，穿着一身极漂亮的黑色紧身洋装，斜倚在壁炉前面，手里也握着一杯酒，在慢腾腾地浅斟低酌。他们三个似乎在谈判，在喝酒。室内的气氛并不紧张，哪儿有凶杀？哪儿有血案？灵珊简直觉得自己赶来是件愚不可及的事，是件多此一举的事。

"啊哈！"陆超叫着说，"阿裴，你还有援兵吗？"

阿裴抬眼看到灵珊，阿裴似乎微微一怔。她瘦得面颊上都没有肉了，两个眼睛显得又黑又大，里面却燃烧着某种令人难以相信的狂热。这是一只垂死的野兽的眼光，灵珊暗暗吃惊，又开始莫名其妙地紧张起来，恐慌起来。"我们来接阿裴回家，"邵卓生说，"她在生病！"

"你是个难得遇到的情圣！"陆超对邵卓生说，语气里带着些嘲弄，"你知道她来干什么吗？"

"找你。"邵卓生答得坦白。

"你知道她带了这个来吗？"陆超忽然从身后的桌子上取了一把明晃晃的尖刀，丢在地毯上。那尖刀落在阿裴的脚前，躺在那儿，映着灯光闪亮。果然！她带了刀来的！

灵珊深吸了口气，不解地望着阿裴，既带了刀来，怎么没行动？是了，她衰弱得站都站不稳，哪儿还有力气杀人？刀子当然被抢走了。阿裴看到那把刀落在脚前，她立即痉挛了一下，身子就往沙发处缩了缩。天哪，她哪里像杀人者？她简直像被害者！看了刀自己就先发抖了。

"很好，你们两个是阿裴的朋友。"陆超继续说，沉着、稳重而坦率，他的目光注视着阿裴，"阿裴，让你的朋友做个证人，今天把我们之间的事做个了断！"

阿裴瑟缩了一下，眼光下意识地望着地上的刀子。

"我们当初在一起的时候，是不是说好了的，两个人合则聚，不合则分，谁也不牵累谁？是不是？"陆超有力地问。

阿裴轻轻地、被动地点了点头。

"是不是说好了只同居，不结婚，谁对谁都没有责任？也没有精神负担？"他再问。

她又点点头。

"你跟我的时候，我有没有告诉你，我这个人是不可靠的？不会对爱情认真，也不会对爱情持久的？"

她再点点头。

"我有没有劝你，假如你需要的是一个安定的生活，忠实的丈夫，最好别跟我！"

她继续点头。

"那么，我陆超有什么地方对不起你？你说？"

阿裴眼神迷乱地摇了摇头。

"既然我没有地方对不起你，"他咄咄逼人地走近她，"你今天带了这把刀来做什么？来兴师问罪吗？我有罪没有？"

她再摇头，眼神更加迷乱了，脸色更加惨白了，嘴唇上一点血色也没有，她像个迷路的、无助的、等待宰割的小羔羊。

"既然我没有罪，"他半跪在她面前，拾起了地上那把刀，盯着她的眼睛问，"你拿着刀来这儿，是想用这把刀胁迫我跟你回去吗？你以为我是什么人？会屈服在刀尖底下的人吗？还是……你恨我？想杀掉我？"

阿裴浑身发抖，她退缩地往沙发深处靠去，举起酒杯，她颤抖着喝干了那杯酒，就把酒杯放在身边的小几上。

"你没有本事得到一个男人的心，就把他杀掉吗？"他逼近了她，强而有力地问。忽然间，他把刀倒过来，把刀柄塞进她的手中，"那么，你杀吧！你有种，今天就把我杀了，否则，你永远不要来纠缠我！"

阿裴被动地握住了刀，身子越发颤抖，她的目光痛楚地凝视着陆超，那眼光充满了哀怨、祈求、无奈和悲切，她的嘴唇动了动，想说话，却没有声音。

"你犹豫什么?"陆超问，浓眉英挺，自有一股凛凛然不可侵犯的威严，"你有理由，你就杀我! 你杀不了我，就放开我! 你明知道我不可能当一个女人的奴隶，你明知道! 我从没有用花言巧语来骗过你，是不是?"

阿裴点点头。费力地咽了一下口水，她终于轻轻地、一个字一个字地说："你对了! 我没有理由杀你，没有理由责备你! 我自以为洒脱，自以为坚强，自以为聪明，事实上，我愚蠢无知而又懦弱无能，我做错每一件事。"她蓦然举起刀来，厉声说，"我不再纠缠任何人，我一了百了!"比闪电还快，那刀已插入了阿裴另一只手的手腕。

灵珊和阿秋同时尖声大叫，灵珊在阿裴举刀的时候，就冲过来了，当时她只担心她会去刺杀陆超，怎么也没料到，她会一刀刺入自己的手腕，那鲜血喷溅了出来，陆超伸手一抓，没抓住刀子，只捉住阿裴的手，他哑声惊喊："你干什么?"

"还你自由。"她微笑着说，"我不怪你，我只是讨厌我自己，讨厌我的被讨厌!"她的身子往地毯上软软地溜下去。

邵卓生扑过来，从地上一把抱起了她，刀子落在地上，她手腕上的血染得到处都是。阿秋的脸色惨白，她奔过来，不住口地、惊慌地叫着嚷着："阿裴，你何苦这样? 你为什么要这样?"

"先止血!"灵珊喊，紧急中还不失理智，她用手紧紧地握住阿裴的手腕，"给我一根带子!"

阿秋把腰上的衣带抽了下来，灵珊飞快地缠紧了阿裴的胳膊，用力系紧那带子，在大家忙成一团的时候，阿裴始终清醒，也始终面带微笑，看到阿秋，她低语了一句："阿秋，希望你比我洒脱！"

"阿裴，阿裴！"邵卓生喊，一面对陆超大叫，"你还不去叫辆车！我们要把她送医院！"

一语提醒了呆若木鸡的陆超，他飞奔着去拦车子，邵卓生抱着阿裴往屋外走，阿裴看了看灵珊，做梦似的低语："我想不出我有什么不放心的事！"她的眼光温柔地落在邵卓生脸上，声音低柔得像一声叹息，"扫帚星，我下辈子嫁给你！"闭上眼睛她的头侧向邵卓生怀里，一动也不动了。

第十八章

紧接下来是好长一段时间的凌乱，像几百个世纪那么长。医院、急救室、血浆、生理食盐水、手术房、医生、护士……灵珊只觉得头昏脑涨，眼花缭乱而心惊肉跳。然后就是等待、等待、等待……无穷无尽地等待，永无休止地等待。她和邵卓生坐在手术室外的候诊室里。陆超和阿秋，一直站在视窗，眺望着窗外的灯火。房间里有四个人，但是谁也不说话。静默中，只看到护士的穿梭出入，血浆瓶的推进推出。最后，终于有个医生走出来了。"谁是她的家属？"医生问，眼光扫着室内的四个人，"谁负她的责任？"四个人你看我，我看你，竟没有一个人答话。

"你们没有一个是她的家属吗？"医生奇怪地问。

灵珊忍不住站了起来："医生，她怎么样了？救得活吗？如果你需要签什么字，我来签！"

"她要住院，你们去办理住院手续！"

灵珊大喜，差点眼泪就夺眶而出了，她忘形地抓住了医生的手腕，一迭连声地叫着说："她活了！是不是？她会活下去，是不是？她没有危险了！是不是？""等一等！"医生挣脱了她的拉扯，严肃地看着她，"你是她的什么人？"

灵珊愣了愣。"朋友。"她勉强地说。

"她的父母呢？"

"她——没有父母。"

"兄弟姐妹呢？"

"她——"邵卓生走过来了，"也没有兄弟姐妹。医生，你可以信任我们，我们负她的全责。医药费、保证金、手术费……我们全负担！"

那医生蹙紧眉头，面容沉重："你们先给她办好住院手续，送进病房去，我们都只有走着瞧！"

"走着瞧？"灵珊结舌地说，"这……这是什么意思？她……没有脱离危险吗？""她的情况很特别，"医生诚恳地说，"按道理，这一点刀伤流不了太多的血，不应该造成这么严重的后果，可是，她原先就有极厉害的贫血症，还有心脏衰弱症、胃溃疡、肝功能减退……她一定又抽烟又喝酒？"

"是的。"灵珊急急地说。

"她本来就已经百病丛生，怎么还禁得起大量失血？我们现在给她输血，注射葡萄糖，她一度呼吸困难，我们用了氧气筒……现在，她并没有脱离危险，我们先把她送进病房，继续给她输血，给她治疗……大家都只有走着瞧！我们当然希望救活她！"医生转身走开了，走了几步，忽然又回过头来，"我最怕治疗这种病人，"他冷冷地说，"别的病人是求生，他会和医生合作，这种病人是求死，他和医生敌对。即使好不容易救活她，焉知道她不会再来一次？你们是她的好朋友，应该防止这种事情发生呵！"

医生走开了。灵珊和邵卓生面面相觑。然后，手术室的门戛然一响，阿裴被推出来了。灵珊本能地奔了过去，看着她，灵珊真想哭。她的手腕上插着针管，吊着血浆瓶，被刀所割伤的地方厚厚地绑着绷带，鼻子里插着另外一根管子，通往一个瓶子，她身边全是乱七八糟的管子、瓶子、架子……她的脸色和被单一样白，双目紧紧地合着，那两排又长又黑的睫毛，在那惨白的面颊上显得好突出。她这样无助地躺着，了无生气地躺着，看起来却依然美丽！美丽而可怜，美丽而凄凉，美丽而孤独！邵卓生静静地看了她一眼，眉头紧锁着，然后，他毅然地一甩头，说："灵珊，你陪她去病房，我去帮她办手续。"

陆超到这时候，才大踏步地跨上前来："邵卓生，给她住头等病房，所有的医药费由我来出！"

"是的，"阿秋急急地接话，"不要省钱，我们出所有的钱！"

我们，我们！我们？怎样一场爱情的游戏？用生命做赌注的游戏！灵珊直视着陆超，有股怒气压抑不住地在她腔中鼓动，她无法控制自己的舌头。"你出所有的医药费？"她盯着陆超，"是想买回她的生命？还是想买你良心的平安？"

陆超挺直了背脊，他一瞬也不瞬地迎视着灵珊，他的脸上既无悔恨也无歉意，他的眼睛亮晶晶的，一脸的严肃，一脸的郑重，他低沉、清晰而有力地说：

"我不用买良心的平安，因为我的良心并没有不安！她寻死，是她太傻！人生没有值得你去死的事！为我而寻死，她未免把我看得太重了！"他掉过头去，对阿秋，"我们走吧！"

他们走到门口，陆超又回过头来："我出医药费，只觉得是理所当然，因为她是我的朋友！"他顿了顿，又说，"我会送钱来！"

"除了钱，"灵珊急急地追问，"你不送别的来吗？一束花？一点安慰？一张卡片？"陆超瞪着她，好像她是个奇怪的怪物。

"灵珊，"他深沉地说，"你难道不懂吗？她不需要花，不需要安慰，不需要卡片……她需要的是爱情！我给不了她爱情，给她别的又有何用？"

"你……你真的给不了她爱情吗？"灵珊觉得自己在作困兽之斗，"你曾经爱过她的，是不是？"

"曾经，曾经是一个过去式。灵珊，阿裴过去也爱过一个男人，那男人也死心塌地爱过她。而今——这份感情在哪里？何必硬要去抓住失去的东西？"他紧盯着灵珊，"你不会了解我，我有我的人生观，我活着，活得真实。我不自欺，也不欺人，阿裴当初爱我，就爱上我这一点，我不能因为她寻死就改变我自己。这样，即使我回到她身边，那不是爱，而是被她用生命胁迫出来的，我会恨她！她如果聪明，总不会要一个恨她的男人！"灵珊糊涂了，被他搅糊涂了，也被这整个晚上的事件弄糊涂了。她眼睁睁地看看陆超挽着阿秋，双双离去，她竟不自觉地，自言自语般地说了句："希望有一天，阿秋会遗弃你！"

陆超居然听到了，回过头来，他正视着灵珊："很可能有那一天，人生的事都是不能预卜的！如果到了那一天，我会飘然远行，绝不牵累阿秋。"

他们走了。灵珊傻傻地站在那儿，傻傻地看着他们两个的背影，忽然有些明白，阿裴为什么会对他这样如痴如狂，五体投地了。真的，他活得好"真实"，活得好"洒脱"，也活得好"狠心"！阿裴被送进病房了，躺在那儿，她始终昏迷不醒。那血浆瓶子吊在那儿，血液一滴一滴地流进管子里，注入她身体里，但是，却始终染不红她的面颊。邵卓生和灵珊都守在床边，目不转睛地看着她，只盼她睁开眼睛来，但，那两排密密的睫毛一直合着。时间缓慢地流逝，邵卓生喃喃地说："天快亮了！"灵珊直跳了起来，糟糕！自己竟出来了一整夜，连电话都没有打回家，爸爸妈妈不急死才怪！还有韦鹏飞！她匆匆地对邵卓生说："我去打个电话！"一句话也提醒了邵卓生，他歉然地看看灵珊说："你回去休息吧！我在这儿守着她！"

"不！"灵珊固执地，"我要等她醒过来，我要等她脱离危险！"走出病房，在楼下的大厅中找到了公用电话。接电话的是刘太太，一听到灵珊的声音，她就焦灼地大叫大嚷了起来："灵珊，你到哪儿去了？全家都出动了在找你，连你姐姐、姐夫都出动了！你怎么了？你在什么地方？……"

"妈，我在医院里……"

"医院？"刘太太尖叫，"你怎么了？出了车祸……"

"不，不是的，妈，我很好，我没出事……"

电话筒似乎被人抢过去了，那边传来了韦鹏飞的声音，焦急关切之情充溢在电话里。原来他也在刘家："灵珊，你出了什么事？你在哪里？我马上赶来……"

"不不！不要！"灵珊慌忙说，心想，这一来，情况不定要变得多复杂，怎样也不能让他再见到阿裴！她惶急地说，"我没出事，我一切都很好，因为我有个朋友生了急病，我忙着把她送医院，忘了打电话回家……"

"别撒谎！灵珊！"韦鹏飞低吼着，"我去了你的学校，他们告诉我，你是和那个邵卓生一起走的！"

她怔了怔。"是的，"她惶惑地说，"我们去了一个朋友家，那朋友不在家，我们又去了另一个朋友家，原来那个朋友在另一个朋友家，原来那个朋友突然生病了……"

"灵珊！"韦鹏飞急急地说，"你在说些什么？左一个朋友家，右一个朋友家？我听得完全莫名其妙！你在发烧吗？你在生病吗？……"

"不是我生病！"她叫着说，"你怎么纠缠不清，是我的朋友生病！"

"是邵卓生吗？"

"不是邵卓生，是他……他的朋友！"

"到底是你的朋友，还是他的朋友？"韦鹏飞又恼怒又焦灼又糊涂，"你告诉我你在什么地方？我来接你！"

"不！不行！你不能来……"

电话筒又被抢走了，那边传来刘思谦的声音："灵珊，"这声音肯定而坚决，"我不管你在哪里，我不管你哪一个朋友生病，我限你半小时之内回家！"

"好吧！"灵珊长叹了一声，"我马上回来！"

挂断了电话，她回到病房。阿裴仍然没有苏醒，邵卓生坐在那儿，痴痴地凝视着她。灵珊走过去，把手按在邵卓生肩上，低声说："我必须先回去，如果她醒了，你打电话给我！"

邵卓生默默地看了她一眼，点了点头。

"你也别太累了，"灵珊说，"在那边沙发上靠一靠，能睡，就睡一会儿吧！"邵卓生又默默地摇摇头。

灵珊再看了他们一眼，心里又迷糊，又难过，又酸楚，又茫然。她不懂，阿裴为陆超而割腕，邵卓生却为阿裴而守夜，这是怎样一笔账呢？人生，是不是都是一笔糊涂账呢？她越来越觉得头涔涔而泪潸潸了。一夜的疲倦、紧张、刺激……使她整个身子都发软了。

回到家里，一进门，她就被全家给包围了。责备、关切、怀疑、困惑……各种问题像海浪般对她冲来：

"灵珊，你到底去了哪里？"

"灵珊，你怎么这样苍白？"

"灵珊，是扫帚星生病了吗？"

"灵珊，你有没有不舒服？"

灵珊筋疲力尽地坐进沙发里，用双手抱紧了头，祈求般地喊了一句："你们能不能让我安静一下？"

　　大家都静了，怔怔地看着她，她才发现自己这一声叫得又响又激动。然后，韦鹏飞在她身边坐了下来，用胳膊搂住了她的肩，他拍抚着她的肩胛，抚慰地、温柔地、低沉地说："你累了，先去睡一觉，一切等醒来再说吧！你又冷又苍白！"灵珊看着韦鹏飞，然后抬头看着父母。

　　"爸爸，妈妈，"她清晰地说，"我有个女朋友割腕自杀了，我连夜在守护她！""哦！"刘太太一震，关心而恍然地问，"救过来了没有？"

　　"还没有脱离险境！她一直昏迷不醒。"

　　"为了什么？"刘思谦问。

　　"她的男朋友变了心，遗弃了她。"灵珊说，正视着韦鹏飞，一直看进他眼睛深处去，"鹏飞，你会不会遗弃我，跟另外一个人走掉？"

　　"你疯了！"韦鹏飞说，把她从沙发上横抱了起来，也不避讳刘思谦夫妇，他抱着她走向卧室，"你累得神志不清了，而且，你受了刺激了。"他把她放在床上："你给我好好地睡一觉，我要赶去上班，下了班就来看你！"他吻住她的唇，又吻她的眼皮，"不许胡思乱想，不要把别人的事联想到自己身上。我如果辜负了你，对不起你，我会死无葬身之地……"

　　她伸手去蒙他的嘴，他握住她的手，把面颊贴在那手上，眼睛不看她，他低语着说："我要向你招认一件事，你别骂我！"

　　"什么事？"

　　"我以为——你和扫帚星在一起，我以为我又失去了你！我以为你变了心……"他咬咬牙，"这一夜，对于我像一万个世纪！"他抬眼看她，眼睛里有着雾气："答应我一件事，灵珊。"

"什么事？"她再问。

"永远别'失踪'，哪怕是几小时，永远别失踪！"

她用手勾住他的头颈，把他的身子拉下来，主动地吻住他。韦鹏飞走了以后，她真的睡着了，只是，她睡得非常不安稳。一直在做噩梦。一下子，梦到阿裴两只手都割破了，浑身都是血。嘴里自言自语地说："我做错每一件事，我一了百了。"一下子，又梦到陆超胸口插把刀，两个眼睛往上翻，嘴里还在理直气壮地吼着："我有罪吗？我欠了你什么？我有没有对不起你？"一下子，又梦到邵卓生抱着阿裴的身子，直着眼睛走过来，嘴里喃喃自语："她死了！她死了！"一下子，又是阿秋在搂着陆超笑，边笑边问："为什么她要自杀，得不到男人的心就自杀吗？"一下子，又是阿裴穿着一袭白衣，飘飘欲仙地站在韦鹏飞面前，说："男子汉大丈夫，对感情该提得起放得下，尽管缠住我做什么？"一下子，变成了韦鹏飞携着阿裴的手，转身欲去，韦鹏飞一面走一面对她说："灵珊，我真正爱的不是你，是阿裴！"

蓦然间，电话铃声狂鸣，灵珊像弹簧般从床上跳了起来，惊醒了，满头都是冷汗。同时，刘太太在客厅里接电话的声音，隐约地传进屋里："你是谁？邵卓生？灵珊在睡觉……"

灵珊抓起了床头的分机，立刻对着听筒喊："邵卓生，怎么样了？她醒了吗？"

"是的，灵珊，"邵卓生的声音是哽塞的，模糊不清的，

“你最好快点来，她大概不行了……”

灵珊摔下电话，跳下床来，直冲到客厅，再往大门外冲去，刘太太追在后面叫：“灵珊！你去哪一家医院？你也留个地址下来呀……”

灵珊早就冲出大门，冲下楼梯，冲得无影无踪了。

到了医院，灵珊刚跑到病房门口，就一眼看到邵卓生，坐在病房门口的椅子上，用双手紧抱着自己的头。而护士医生们川流不息地从病房门口跑出跑入，手里都捧着瓶瓶罐罐和被单枕套。灵珊的心猛往下沉。我来晚了！她想。她已经死了！阿裴已经死了！她走过去，邵卓生抬起头来了，他一脸的憔悴，满下巴的胡子楂儿，满眼睛的红丝。“灵珊！”他喊，喉咙沙哑。

“她——死了吗？”她战栗着问。“不，还没有，医生们刚刚抢救了她。”邵卓生说，望着她，“不久前，她醒过来了，发现自己在医院，发现有血浆瓶子和氧气筒，她就发疯了，大叫她不要活，不要人救她，就扯掉了氧气管，打破了血浆瓶子，好多医生和护士进去，才让她安静下来。他们又给她换了新的血浆，又给她打了针。医生说，一个人真正地不要活，就再也没有药物能够治她。她现在的脉搏很弱很弱，我想，医生能做的只是拖延时间而已。”灵珊静静地听完了他的叙述，就推开病房的门，走了进去，阿裴躺在床上，两只手都被纱布绑在木板架子上，她的腿也被绑在床垫上，以防止她再打破瓶子和针管。她像个被绑着的囚犯，那样子好可怜好可怜。她的眼睛大睁着，是清醒的。一个护士正弯着腰扫掉地上的碎玻璃片。好几个护士在处理血浆瓶子洒下的斑斑血渍。灵珊站在病床前面，低头注视着她。"阿裴。"她低声叫。阿裴的睫毛闪了闪，被动地望着她。

"何苦？阿裴？"她说，坐在床边的椅子上，伸手摸了摸她那被固定了的手，"在一种情况下我会自杀，我要让爱我的人难过，要让他后悔，如果做不到这点，我不会自杀。"

阿裴的大眼睛黑白分明地瞪着她。"谢谢你告诉我这一点，"她开了口，声音清晰而稳定，"我早知道他不会在乎，我死了，他只会恨我！恨我没出息，恨我不洒脱，恨我给他的生命留下了阴影。"

"你既然知道，又为什么这样做？"灵珊睁大眼睛。

"我并不是报复，也不是负气。"她幽幽地叹了口气，"我只是活得好累好累，我真正地，真正地不想活了。"

"为什么？"

"为什么？"她重复灵珊的话，眼睛像两泓深潭，"人为什么活着？为了——爱人和被爱，为了被重视，被需要。男人被女人需要，丈夫被妻子需要，父母被子女需要，政治家被群众需要……人，就因为别人的需要和爱护而活着。我——为什么活着呢？我已经一无所有！没有人需要我，也没有人非我而不可！"

"你知道有个人一直在照顾你吗？"

"你说的是扫帚星？"她低叹一声，"他会有他的幸福，我只是他的浮木。没有我，他照样会活得很好，他不是那种感情很强烈的人！"

"你需要一个感情很强烈的人？"

"不。我已经没有需要，没有爱，没有牵挂，没有欲望，什么都没有了。我活着完全没有意义，完全没有！"

灵珊望着她，她的眼睛直直的，向前射过去，透过了墙壁，落在一个不知道的地方。她的脸上毫无表情，毫无生气，毫无喜怒哀乐，毫无目标……灵珊蓦地打了个寒战。真的，这是一张死神的脸，这是一张再也没有生命欲望的脸！一时间，恐惧和焦灼紧紧地抓住了她，她真想捉住阿裴，给她一阵乱摇乱晃，摇醒她的意识，摇醒她对生命的欲望，摇醒她的感情……可是，灵珊无法摇她，而她，合上了眼睛，她似乎关掉了自己生命中最后的窗子，不想再看这个世界，也不想再接触这个世界了。"阿裴！"灵珊喊。她不理。"阿裴！"灵珊再喊。她仍然不理。"阿裴！阿裴！阿裴！"灵珊一迭连声地叫。

她仍然不为所动。邵卓生冲了进来，以为她死了。一位护士小姐过来按了按她的脉，翻开她的眼皮看了看，对灵珊说："她是醒的，但是她不理你！看样子，她是真的不想活了！"

灵珊抬头望着邵卓生，沉思了片刻，她对邵卓生很快地说："你在这儿陪她，我回去一下，马上就来！"她如飞般地跑走了。半小时以后，灵珊又回到了病房里。病房中静悄悄的，邵卓生靠在沙发中睡着了，一个护士坐在窗边，遥远地监视着阿裴。阿裴依旧静静地平躺着，依然闭着眼睛，依旧一点表情都没有，依旧像个死神的猎获物，依旧毫无生气毫无活力。

灵珊在床边的椅子上坐下，打开一本册子，她像个神父在为垂死的病人念祈祷文，平静地念了起来："初认识欣桐，总惑于她那两道眼波，没从看过眼睛比她更媚的女孩。她每次对我一笑，我就魂不守舍。古人有所谓眼波欲流，她的眼睛可当之而无愧，至于'一笑倾人城，再笑倾人国'更非夸张之语了……"

她坐在那儿，清脆地、虔诚地念着那本《爱桐杂记》，一则又一则。当她念道：

"今夕何夕？我真愿重做傻瓜，只要欣桐归来！今生今世，再也不会有第二个女人，让我像对欣桐那样动心了，永不可能！因为上帝只造了一个欣桐，唯一仅有的一个欣桐！"

阿裴忍无可忍了，她的眼睛大大地睁开了，她哑声地、含泪地叫："灵珊，你在念些什么？"

灵珊把册子合起来，把封面那"爱桐杂记"四个字竖在她面前。阿裴的眼睛发亮，脸上发光，她呼吸急促而神情激动。灵珊俯下头去，把嘴唇凑在她的耳边，低声地、清晰地说："阿裴，这世界上真的没有人爱你吗？真的没有一点点东西值得你留恋吗？甚至你的女儿——楚楚？"

阿裴张开了嘴，陡然间，她"哇"的一声，放声痛哭了起来。邵卓生和护士都惊动了，他们奔往床边，只看到阿裴哭泣不已，而灵珊也泪痕满面。邵卓生愕然地说："怎么了！

怎么了！”灵珊把手里的册子放在阿裴的胸前，说：“剩下的部分，你自己去看吧！”

抬起头来，她望着邵卓生：“你是少根筋，这故事对你来说太复杂了。但是，我想，她会活下去了。”

第
十
九
章

当韦鹏飞心神不定地上了一天班，在黄昏中飞车回家，走进客厅里时，他很惊奇地发现，灵珊正斜靠在沙发中，手里居然握着一个酒杯。房里没有开灯，楚楚和阿香都不在，她静静地坐在那儿，静静地拥着满窗暮色，静静地陷在某种沉思和冥想里。"楚楚呢？"他问。"楚楚和阿香，都在我家。"

"而你一个人在这儿？"他惊讶地，走过去，他端起她手里的酒杯看了看，还好，只是一杯淡淡的红葡萄酒。他坐在她对面的矮凳上，把矮凳拉近她，他面对着她，眼睛对着她的眼睛，然后，他把她的双手都合在自己手中，温和地、恳挚地、怜惜地说："你有什么事要告诉我吗？我打了好多电话到你家，你母亲说你整天忙得很，一会儿回家，一会儿跑医院，一会儿又出去了。你……怎么了？你的脸色坏极了！你……那个朋友，她……死了，是不是？"

灵珊迎视着他的目光，她的眼睛黑幽、深邃、迷蒙而神情古怪。"不，"她低低地说，"她没有死。我刚才还打过电话，她没有死，她只是看一段书，哭一阵，再看一段书，再哭一阵。"

"看书？"他不解地，微蹙着眉。

"也不是书，"她喃喃地，"是一本册子。"

他凝视了她一会儿，就安抚地、劝解地微笑了起来。

"好了，灵珊。你不要再为别人担心了，好吗？她在医院里，有医生护士会去治疗她，有她的父母和家人会去照顾她，你振作起来，别这样忧愁，行不行？"

"她没有父母，也没有家人。"

"哦！"韦鹏飞仔细地打量灵珊，"我懂了，你是个悲天悯人的仙女，你想用你的爱去治疗她。"

"我不是仙女，"她毫无表情地说，"我是个妖怪，楚楚说的，我是个妖怪。"

"喂，灵珊！"韦鹏飞有些急了，"你在扯些什么，这事与楚楚总没关系吧，你不要联想力太丰富好不好？"

"人与人间，都有关系。"

"你——"他站起来，又坐了下去，握紧了她的手，"你到底怎么了？你没睡够？你太累了？你情绪不好，是的，你情绪不好！"他轻叹一声，把她拥入怀里，用下巴摩擦着她的头发："你不要烦，灵珊。这世界上有这么多人，每个人有每个人自己的喜剧或悲剧，你管不了那么多！你只要管你自己！灵珊，你请几天假，我也请几天假，我带你去阿里山住两天，散散心，好不好？"

她轻轻地推开他，正视着他，双眉微蹙而心事重重。好半晌，才咬咬嘴唇，说："鹏飞，你愿不愿意帮我做一件事？"

"帮你做一百件事，一千件事！"

"真的？"她睨视着他。

"当然真的，"他忽然有些怀疑，又加了一句，"只要我的能力做得到！"

"你一定做得到！"

"那么，是什么？你说！"

"请你——"她咬咬牙欲说又止。

"你怎么了？"韦鹏飞困惑地，伸手摸摸她的额，"没有发烧，你到底要说什么？你一向爽快，不是这样吞吞吐吐的，灵珊，你有什么困难，有什么难言之隐吗？你说！你要我帮你做什么？你说！"

"好的！我说！"她毅然地一甩头，下了决心，"我请你去一趟医院，不止你一个人，请你带楚楚去！"

"医院？"他错愕地皱紧眉头，"带楚楚去医院？干什么？"

"去看我那个朋友。"他对她打量了十秒钟。

"你病了。"他说，"你太累了。"

"我没病，我很好。"她抬高了声音，语音凛然，"鹏飞，你知道我自杀的那个朋友是谁吗？"

韦鹏飞的心脏咚地一跳，脸色顿时变白了。

"是谁？"他哑声问。

"你知道楚楚常叫张阿姨的那个女人吗？"

"哦！"他松了口气，"是那个张阿姨？"

"她不姓张，"她冷冷地说，"她姓裴，名字叫裴欣桐。我们叫她阿裴。"

"哐啷"一声，韦鹏飞的手肘碰到桌上的酒杯，杯子跌碎在大理石桌面上了。红色的葡萄酒溢到大理石上，像血。像阿裴手腕上的血。韦鹏飞的眼睛睁得大大的，一眨也不眨地望着灵珊，他的面孔雪白，脸上有种近乎恐惧的神色，他们对望着，好一会儿，谁也不开口。

"她可能活不了。"灵珊低语，"医生们一直在救她，但是她失血过多，又心脏衰弱。主要的，她毫无求生的意志，刚刚我还打电话问过医生，医生说，她活下去的可能性是百分之五十。"

他的眼眶发红，一句话也说不出来，只是瞪着她。

"她说她做错了每一件事，只有一了百了。"她继续说，"她有一度和楚楚偷偷来往，是被我阻止了的。如今，她躺在那儿，我从没有看过比她更孤独无依的女人，她什么都没有，只有——死亡。"

韦鹏飞颓然地把头埋进了手心里，他的手指插进了头发中，辗转地摇着他的头，心底就辗转地碾过一层层的记忆：甜的、苦的、酸的、辣的！他的头脑里嗡嗡然地响着各种声音，像潮声，像海浪，像瀑布的喧腾……欣桐，欣桐，欣桐……最后，这声音变成了一种微弱的、模糊的意识。有个女人快死了！有个女人快死了！有个女人快……快……快死了！那个女人名叫——欣桐。

"鹏飞，不要太残忍。"灵珊的声音，像来自山峰顶端的，什么仙女和神灵的纶音，"我知道，她现在最渴望见到的，只有两个人，一个是你，一个是楚楚。你要带楚楚去见她！你一定要！鹏飞，一日夫妻百日恩，何况你们共有一个女儿！以往的恩恩怨怨在死神的面前又算什么？鹏飞，她需要你们！"

韦鹏飞从凳子上直跳了起来，拉住灵珊："走吧！你去带楚楚，我们马上去吧！还等什么？"

半小时之后，他们已经到了医院。

推开病房的门，邵卓生从沙发里站起来，惊奇地望着他们，灵珊退到沙发边，对邵卓生做了手势，让他别说话，也别行动。韦鹏飞并没有注意到邵卓生，从推开门的那一刹那起，他眼光就被病床上那张惨白的面孔吸引住了，吸得那么牢，使他再也无心顾及病房中其他的一切。他牵着楚楚的手，大踏步地走了过去。阿裴脚上和手上的五花大绑早已解除了，她似乎在闭目小睡，听到脚步声，她睁开了眼睛，望着韦鹏飞。眉尖轻颦了一下，她眼光如梦如雾，唇边竟浮起一个虚弱的笑意。"人在快死的时候，一定有幻象！"她呢哝地低语。

楚楚认出眼前的人来了，她尖叫了一声："张阿姨！你怎么睡在这里？张阿姨！你病了吗？"

阿裴睁大了眼睛，睁得那么大，她那瘦削的脸庞上，似乎只有这对大眼睛了。她望着楚楚，不信任似的说："楚楚？楚楚？是你？会是你？"

"张阿姨，是我！"楚楚叫着，"爸爸带我来看你！张阿姨！"

韦鹏飞跌坐在床前的椅子上了，阿裴的憔悴和瘦削使他大大震惊，而又大大地心痛了，那张毫无血色的脸，那骨瘦如柴的手臂，那尖尖的下巴，那深陷的眼眶……他一下就捉住了她那只未受伤的手，紧紧地握住了她，苦恼地、热烈地、悲切地喊："欣桐，你怎么可以弄成这副样子？欣桐，你怎么可以消瘦成这副样子？那个混蛋居然不懂得如何照顾你吗？欣桐，你的生命力呢？你的笑容呢？你的洒脱呢？欣桐，你不可以！不可以！不可以这样躺在这儿……"

阿裴陡然有了真实感了，她看看楚楚，又看看韦鹏飞，听到韦鹏飞这样一叫一嚷，她那大眼睛里就骨碌碌地滚出一串亮晶晶的泪珠，她又是哭又是笑，又是激动，又是兴奋地说："鹏飞，你对我还是这样好？你不是来骂我？来嘲笑我？来看我今日的下场？你不恨我？不怪我？不怨我？不诅咒我？……"

"欣桐，我会骂你吗？我可能吗？在我们最后分手的时候，我也没有骂过你一句，不是吗？欣桐，我从没有诅咒过你，从没有……"

"我知道，我看了《爱桐杂记》。"

"你看了？"他惊愕地。

"是的，我看了。"她挣脱他的掌握，伸出手来，去摸他的头发，他的面颊，"鹏飞，我对不起你，我实在对不起你。今天的一切都是报应，冥冥中一定有神灵，在支配人间的一切。鹏飞，我罪有应得，我咎由自取，今天你肯来见我一面，我死也瞑目……"

"欣桐！"他大喊，悲痛而急切，"你不可以死，你还太年轻，你前面还有一大段路，欣桐，你不可以死，绝不可以！"

"你这样说吗？"阿裴问，泪珠成串成串地涌出来，她喉音哽塞，几乎泣不成声，"你怎么可以这样好？鹏飞，你不能对我这样好！我是贱骨头，我不知好歹，我连捧在手里的幸福都捧不牢！我很坏，坏得无可救药，我该死！我应该死……""不！不要！欣桐！"他含泪喊，"你不该死，你只是忠于自己，你并没有错……""你居然还说我没有错吗？你……你……你这个……傻……傻瓜！"

"你以前作过一支歌，说我是个傻瓜，是个癞蛤蟆！"

"你还记得？"

"记得你的每一件事！你的笑，你的哭，你的歌，你那飘飘然的衣裳打扮，你的一颦一笑！"

"那么，你也原谅我了？原谅我所有的过失？原谅我离开你？原谅我吗？鹏飞？你说，你原谅我！"

"我不原谅你！"

"我太奢求了！"她凄然而笑，"我不值得你原谅，我不值得！"

"不是！"他用力吼，脸涨红了，"我不原谅你这样躺在这儿等死！我不原谅你放弃生命！我不原谅你这样惨白，这样消瘦，这样奄奄一息！我绝不原谅！"

她的手无力地从他面颊上落下来，盖在他的手背上，她抚摸他，轻轻地，软弱地。她唇边的笑意更深，而眼中却泪如泉涌："鹏飞，请你给我力量，让我活下去吧！我不要你不原谅我，我无法忍受你不原谅我……"

一直站在一边，用稀奇古怪的眼光望着他们的楚楚，这时再也忍不住了，她叫着说："爸爸，张阿姨，你们在做什么？"

韦鹏飞立刻抬起头来，他把楚楚一把拉到身边，郑重地，严肃地，一个字一个字地说："听着，楚楚！她不是张阿姨，她不姓张，她姓裴，是你的妈妈！"

"爸爸！"楚楚惊喊。

"她是你的妈妈，"韦鹏飞重复了一句，"你亲生的妈妈，她并没有死，只是这些年来，她离开了我们。楚楚，你已经大了，大得该了解事实真相了。你看，这是你的母亲，你应该叫她一声妈妈！"

楚楚狐疑地、困惑地看看韦鹏飞，再看看阿裴，紧闭着嘴，她一言不发。

阿裴伸手去轻触她的面颊，低叹了一声，她柔声说："不要为难孩子。楚楚，别叫我妈妈，我不配当你的妈妈，在你很小的时候，我就离开你走了！这些年来，我根本没尽过母亲的责任，别叫我妈妈，我受不了！我是张阿姨，我只是你的张阿姨，楚楚，我对不起你爸爸，更对不起的，是你！"

楚楚一知半解地站在那儿，茫然地瞪视着阿裴，她显然是糊涂了，迷惑了，不知所措了。阿裴的眼光透过泪雾，也紧紧地盯着楚楚。蓦然间，那母女间的天性敲开了两人间的那道门，楚楚扑了过去，大叫着说："妈妈，如果你是我的妈妈，我为什么要叫你张阿姨！妈妈！我知道你是活着的，我一直知道！""楚楚！"阿裴哭着喊，"楚楚！"

灵珊觉得这间小小的病房里再也没有她停留的余地了，

她满眼眶都是泪水。回过头去，她看着目瞪口呆的邵卓生，拉了拉他的衣袖，她低声说："我们走吧！"他们两个走出了病房，对阿裴再投去一瞥，那一家三口正又哭又笑地紧拥在一起，浑然不觉房间里其他的一切。他们关上房门，灵珊细心地把门上"禁止会客"的牌子挂好，就和邵卓生走下了楼，走出医院的大门。

街道上，那秋季的夜风正拂面而来，带着清清的、凉凉的、爽爽的秋意。他们站在街头上，彼此对视了一眼，邵卓生说："我忽然觉得很饿，我猜你也没吃晚饭，我请你去吃牛排，如何？"

"很好。"她一口答应。

于是他们去了一家西餐馆，餐厅布置得还蛮雅致，人也不多，他们选择了一个角落的位子，坐了下来，灵珊看看邵卓生，说："我想喝杯酒。"

"我也想喝杯酒！"邵卓生说。

他们点了酒，也点了牛排。一会儿，酒来了。邵卓生对灵珊举了举杯，说："你平常叫我什么？"

"扫帚星。"

"不是，另外的。"

"少根筋。"

"是的，我是少根筋。我今天才发现一件事，我不过只少了一根筋，你少了十七八根筋。这还不说，你还是个无脑人！"

"什么叫无脑人？"灵珊问。

"你根本没有头脑！你一定害了缺乏大脑症！"

“怎么说？”

“怎么说！还怎么说？你如果有头脑，怎么会把那本《爱桐杂记》拿来？这也罢了，你居然把韦鹏飞父女带到医院来，导演了这么一场好戏！现在，人家是夫妇母女大团圆。你呢？以后预备怎么办？”

“我？”灵珊茫茫然地说了一个字，端起酒杯，她喝了一大口，忽然笑了起来。她笑着，傻傻地笑着，边笑边说，“是的，我是个无脑人，我害了缺乏大脑症！”她凝视着邵卓生，笑容可掬：“对不起，邵卓生，我忽略了你！哈哈！我抱歉！”她用杯子对邵卓生的杯子碰了碰，大声说，“无脑人敬少根筋一杯！”她一仰头，喝干了。

邵卓生毫不迟疑，也干了自己的杯子，一招手，他再叫了两杯酒。“你猜我们现在是什么情况？”他问。

“我不知道。”她仍然边笑边说，“我今天没有大脑，什么都想不清。”

“我们现在是——”邵卓生啜着酒，说，“同是天涯沦落人，相逢何必曾相识？”“胡说八道！”灵珊也啜着酒，“我们早认识四五年了，怎么叫相逢何必曾相识！”“你还能思想，你还剩一点点大脑！”

“不，我是用小脑想的！”

他们相视而笑，一碰杯，两人又干了杯子。灵珊叫来侍者，又要了两杯酒。“这样喝下去，我们都会醉！”邵卓生说。

“醉乡路稳宜频到，此外不堪行！”灵珊喃喃地念着，抬眼望着邵卓生，“我现在才知道，为什么阿裴爱喝酒，鹏飞也爱喝酒，原来，酒可以让人变得轻飘飘的，变得无忧无虑的。
而且，会让人变得爱笑，我怎么一直想笑呢？"

"你错了！"邵卓生拼命地摇头，"酒可以让人变得爱哭，
阿裴每次喝醉了就哭。""不一定，"灵珊也拼命摇头，"韦鹏
飞每次喝醉了就发呆，像木头人一样坐在那儿不动！"

他们相视着，又笑，又举杯，又干杯，又叫酒。

"喂，灵珊，我有个建议。"邵卓生说。

"什么建议？"灵珊笑嘻嘻地。

"你看，我们两个都有点不健全，我是少根筋，你是无脑
人，我们又都是天涯凄苦人，又都认识好多年了。干脆，我
们组织一个伤心家庭如何？"

"伤心家庭？"灵珊笑得叽叽咯咯的，"我从没听过这么
古怪的名称。少根筋，我发现你今天蛮会说话的，你的口才
好像大有进步。"

"因为酒的关系。"

"唔，阿裴醉了会哭，鹏飞醉了会发呆，我醉了就爱笑，
你醉了就爱说话，原来仅仅醉酒，就有形形色色。"

"怎样呢？"

"什么怎样呢？"

"我们的'伤心家庭'！"

灵珊抬眼凝视邵卓生："哦，不行。"她收住笑，忽然变
得一本正经，"邵卓生，我们不要去做傻事，明知道是悲剧，
就应该避免发生。不，我们不要给这个世界多制造一对怨偶。"

"怨偶？"

“是的，如果在一年前，我们结合了也就算了，现在，你爱的不是我，我爱的也不是你。组织伤心家庭的结果是制造了一个破碎家庭。不，不！我宁愿抱独身主义，也不组织破碎家庭！”

“言之有理！”他大声说，“我要敬你一杯！”

他们又干了杯，再叫了酒，两个人都不知道是第几杯了，都有些摇摇晃晃，昏昏沉沉了。

“既然不组织伤心家庭，你预备怎么办？”他问。

“我不知道。”她啜着酒，侧头沉思，微笑着，“我要走到一个很远很远的地方去，没有人的地方去。你呢？”

“我也要走到一个很远很远的地方去，没有人的地方去。”他说。

“这样吧！”她又莫名其妙地笑了起来。“我往南极走，你往北极走，走到之后，我们通个电话，互报平安！”

“妙极了！”他大为赞赏，“咱一言为定！”

“干一杯！”她举起杯子。

于是，他们又笑，又碰杯，又干杯，又叫酒。然后，灵珊是糊糊涂涂了，她喝了太多太多的酒，她只记得自己一直在笑，一直在笑，那邵卓生一直在说，一直在说，他们一直在举杯干杯，举杯干杯……然后，他们吃了牛排，酒足饭饱。然后，他们不知怎的到了火车站，然后，他们似乎买了两张车票，一张到南极，一张到北极。

她最后的记忆是，她上了到“南极”的车子。

第二十章

醒来的时候，早已红日当窗。

灵珊有点儿恍惚，抬头看看屋顶，伸手摸摸床褥，一切都是熟悉的，亲切的，这是自己的褥，这是自己的家！怎么回事？她搜索着记忆，昨夜，和邵卓生吃牛排，喝了酒，然后，他们去了车站，依稀买了两张车票……为什么自己竟睡在家里？她坐起身子，头仍然有些昏晕，却并不厉害。是的，那只是一些红酒，红酒不该让人大醉不醒，不过，如果大醉不醒，似乎也没什么不好。

一声门响，刘太太推门进来。"怎么，醒了吗？"刘太太问，"你快养成醉酒的习惯了！能不能告诉我，你是怎么回事？"

"我……"她一开口，就觉得舌敝唇焦，喉头干燥，刘太太递了一杯水给她，她一仰而尽。望着母亲，她困惑地说，"我怎么会在家里？"

"你自己回来的。"

"我自己回来的？一个人吗？"

"大厦管理室的老赵，把你送上来的。他说你下了计程车，一个人摇摇晃晃，他就把你扶上来了！"刘太太盯着她，"你知道你回家时是怎样的吗？"

"怎样的？"她一惊，心想，准是出够了洋相，低头看看身上，已经换了干净睡衣。

"放心，你并没有衣冠不整。"刘太太看出她的心思，立刻说，"可是，你手里紧握着一张到台南的车票，嘴里口口声声地问我，是不是南极已经到了，还叫我打个电话给邵卓生，报告平安抵达，你这是什么意思？"

灵珊怔了好一会儿，陡然间，她就放声大笑了起来："哈哈！荒唐透顶！哈哈，我买了去台南的车票，要去南极，已经够荒唐，居然不上火车，而上计程车，更加荒唐！我心里的南极地址，竟是自己的家，尤其荒唐！回了家，却当作到了南极，简直集荒唐之大成！哈哈，荒唐透顶！"

"你还笑！"刘太太皱着眉骂，"你不跟鹏飞学点好的，就学他喝酒，又毫无酒量，一喝就醉！"

鹏飞，鹏飞，韦鹏飞，这名字像一把锋利的刀，从她心脏上划过去。她吸了口气，仍然笑容可掬："我的南极，不是远在天边，而是家里！"她又笑，笑得头都抬不起来，"我要到天边去，却回到家里来。我已经是一只笼子里养惯了的鸟，只认得自己的窝！哈哈！可笑，太可笑，哈哈！"

刘太太惊愕地看着她，说："你的酒是不是还没有醒？"

　　她用手托起灵珊的下巴，这一看，不禁大惊失色，灵珊虽然在笑，却满脸的泪水，她惊慌失措地说："你怎么了？灵珊？你昨晚不是和鹏飞一起出去的吗？你们两个吵架了，是不是？翠莲！翠莲！"她大声叫，"去隔壁把韦先生找来！"

　　"不要找他！"灵珊喊，骤然间，把头埋在母亲怀里，她哭了起来，边哭边说，"妈，我要去南极！妈！我要去南极！妈，我要去南极！"

　　"你病了！"刘太太手忙脚乱，伸手推开她，拂开她的满头乱发，去察看她的脸色，"你还是躺下来吧，我叫翠莲去帮你请天假！"

　　"不！不！"她说，想起了学校，想起了那些孩子们，想起昨天已经请了一天假，她翻身下床，极力地振作自己，"我没事了，妈，我要上课去！"

　　翠莲来到房门口，满脸古怪的表情："太太，阿香说，韦先生昨天带楚楚和我们家二小姐出去以后，到现在都没回来！连楚楚都没回来！"

　　刘太太紧紧地看了灵珊一眼："到底怎么回事？你们吵架了？对不对？"

　　"我们没吵架！"她看看母亲，"好吧，就算我们吵架了！"

　　"怎么叫就算？"

　　"我说就算就是就算嘛！"灵珊的眼泪又冲进了眼眶，她大声喊着，"为什么一定要苦苦逼我？我不想谈这件事，我不想谈，行吗？"

　　"好，好，好，不想谈，不想谈。"刘太太慌忙说，又低低叽咕了一句，"我不过是关心你，小两口闹闹别扭是人之常情，别把它看得太严重了！"

"妈！"

"好，我不说了！"灵珊换了衣服，冲进浴室去，洗了脸，漱了口。镜子里，是一张憔悴的、无神的、烦恼而又忧郁的脸。为什么要这样烦恼这样忧郁呢？一切都是你自愿的，你自己去导演的，你让他们全家团聚的！而现在，你干吗做出一副被害者的样子来？你又干吗心碎得像是要死掉了？你！你这个傻瓜！你这个莫名其妙的混球！她对着镜子诅咒。你！你把自己的幸福拿去送人，你真大方，你真伟大，你真可恶！你真是个——无脑人！你没大脑，你连小脑都没有！你没思想，没理智，你只配充军到南极去，到远远的，远远的南极去！

卧室里的电话铃响了，接着，是刘太太喜悦的、如释重负的呼唤声："灵珊！你的电话！"她走出浴室，接过听筒。

"喂，灵珊！"是韦鹏飞，灵珊的心脏顿时提到了喉咙口。"我告诉你一个好消息……"他的声音兴奋而欢快，"阿裴已经脱离危险了，她能吃能喝能睡了，医生说，她休养几天就可以出院！而且，她对以后的生命又充满信心了！"

"哦，"灵珊应着，觉得自己头里空空荡荡的，当然，她没有大脑，头里自然空空荡荡的了。她听到自己的声音，在那儿软弱地，机械化地回答着："我早就猜到她会好起来，这样大家就放心了。"

"是的。"韦鹏飞说，"我告诉你，灵珊，我现在不回家了，我直接赶到工厂去。楚楚在病房里睡得很好，我顺路送她去上课。一切的事都很好，你放心。"

"我——没有什么不放心的了。"她低语。

"你说什么？我听不清楚。"他在叫。

"没有什么。"

"我要赶去上班了。"韦鹏飞的声音里充满了活力，充满了喜悦，充满了感情，"灵珊，很多事想和你谈，我下班回来，再跟你长谈吧！"

"好。"她简单地。

"再见，灵珊！"

"再见，鹏飞。"灵珊慢吞吞地把听筒挂上，一回头，她看到刘太太笑吟吟地望着自己。她了解，母亲一定以为，小两口已经讲和了。她在书桌前坐下，整理自己上课要用的书籍琴谱，刘太太狐疑地问："你今天不是教下午班吗？"

"哦，是的。"她恍然地，用手拍了拍脑袋，"我没有大脑。我有点糊里糊涂。"她抬头看看母亲，"爸爸上班去了？灵武上课去了？"

"当然。我看，你的酒还没醒呢！我跟你去弄点早餐，吃了东西，精神会好一点。"

刘太太出去了。灵珊继续坐在书桌前沉思。好半晌，她站起身来，打开抽屉，收集了身边所有的钱大约有五千元，放进皮包里，再把身份证、教员证，统统放进皮包。然后，她又沉思片刻，就毅然决然地取了一张信纸，她在上面潦潦草草地写着：

爸爸、妈妈：

我很累，想出去散散心，学校里，麻烦姐姐去
帮我代课。

我会随时和你们联系，请放心，我虽然缺乏大
脑，仍然可以照顾自己。

灵珊

写完了，她又另外抽了一张信纸，写：

鹏飞、阿裴：

恭喜一家团聚！不要再把捧在手里的幸福，随
意打碎！

告诉楚楚：妖怪到南极度假去也！

无脑妖怪留条

分别把两张信笺，封在两个信封里，一个信封上写下
刘思谦的名字，另一个写下韦鹏飞的名字，把信封并排放在
抽屉里。她站起身来，甩了甩头，一时间，竟觉得自己好潇
洒、好自在、好洒脱。又觉得自己做得好漂亮，好大方，好
有风度——君子有成人之美！她几乎想大叫几声，来赞美自
己！转过身子，她拿了皮包，走到客厅，很从容不迫地，把
母亲给她准备的早餐吃完，在刘太太的含笑注视下，飘然出
门。心中大有"壮士断腕"的决心，更有份"风萧萧兮易水

寒，壮士一去兮不复还"的悲壮、慷慨、激昂之概！去吧！去吧！君子有成人之美！不要破坏别人的幸福！天地悠悠，难道竟无你容身之地？

叫了一辆计程车，她直奔台北火车站。

到了火车站，她抬头望着那些地名站名：基隆、八堵、七堵、五堵、汐止、南港、树林、山佳、莺歌、桃园、内坜、中坜、埔心、杨梅、富冈、湖口、新丰、竹南、造桥……怎么有这么多地名？怎会有地方叫造桥？那儿一定一天到晚造桥！她再看下去：什么九曲堂、六块厝、归来、林边、佳冬、上员、竹东、九赞头……她眼花缭乱了。九赞头？怎么有地方叫九赞头，正经点就该叫九笨头！她觉得，自己就有九个笨头，而且，九个笨头都在打转了，变成九转头了！

她呆立在那儿，望着那形形色色的地名，心中隐隐约约地明白了一件事，天下之大，自己竟无处可去！

可是，即使无处可去，也非要找个地方去一去不可！或者，就去那个"九笨头"吧！再研究了一番，九笨头还要转车，没有车直达，又不知是个什么荒凉所在。虽然自己一心要去无人之处，却害怕那无人之处！咬咬牙，她想起仅仅在昨天，韦鹏飞还提议去阿里山度假，真的，在台湾出生，竟连阿里山都没去过！在自己找到"南极"以前，不如先潇洒一番，去阿里山看云海，看日出，看原始森林和那神木去！

于是，她买了去嘉义的票，当晚，她投宿在嘉义一家旅社中，想象着韦鹏飞一家团聚的幸福，想象着那三口相拥相抱又哭又笑的情景，一再对自己说："刘灵珊，你没有做错！

刘灵珊，你做得潇洒，做得漂亮，做得大方！刘灵珊，你提得起，放得下，你是女中豪杰，值得为自己慷慨高歌！"

第二天一早，她搭上登山火车，直上阿里山。

她看了神木，她看了森林，她看了姐妹潭，她看了博物馆……别人都成双成对，有说有笑，唯独她形单影只，一片萧然。当夜，她躺在阿里山宾馆中，望着一窗皓月，满山岚影。她再也不潇洒，不漂亮，不慷慨，不大方，不自在……她提不起，也放不下，她不要风度，不想慷慨高歌，也不要做女中豪杰……她想家，想鹏飞，想自己所抛掉的幸福……她哭得整个枕头湿透，哭得双眼又红又肿，哭得肝肠寸断。她觉得自己不只是个"无脑人"，也成了个"断肠人"了。她哭着哭着，哭自己的"愚蠢"，也哭自己的"聪明"；哭自己的"大方"，也哭自己的"小气"；哭自己的"洒脱"，也哭自己的"不洒脱"；哭自己的"一走了之"，也哭自己的"魂牵梦萦"。她就这样哭着哭着，忽然间，床头的电话铃响了。她本能地拿起电话，还在哭，她的声音呜咽："喂？"

"灵珊？"是韦鹏飞！

"咔嗒"一声，听筒掉落在桌子上。好一会儿，她不能思想，也没有意识。半晌，她才小心翼翼地坐起身子，瞪视着那听筒，怎么可能是他？怎么可能？他怎会知道她在这儿？慢慢地，她伸过手去，小心翼翼地拿起听筒，放到耳边去，再小心翼翼地问了句："喂？"

对方一片寂然，电话已经挂断了。

她把听筒轻轻地、慢慢地、小小心心地放回到电话机上。

她就坐在那儿，一动也不动地瞪着电话。心里是半惊半喜，半恐半惧，半期待半怀疑……只等那铃声再响，来证实刚才的声音，但是，那铃声不再响了。她失望地闭上眼睛，泪珠又成串地滴落，怎么了？自己不是要逃开他吗？为什么又这样发疯发狂般地期待那电话铃声？

　　有人在敲门，大概是服务生来铺床了。她慌忙擦掉脸上的泪痕，走到门边去，所有的心思都悬在那电话上，她心不在焉地打开了房门。蓦然间，她头中轰然一响，全身的血液都凝结了。门外，韦鹏飞正挺立在那儿，眼睛亮晶晶的，直射在她脸上。她呻吟了一声，腿发软，身子发颤。韦鹏飞推门而入，手里拿着一件红色的小棉袄，他把门关上，把棉袄披在她肩头，他喑哑地，温柔地说："以后你要上阿里山，务必记得带衣服，这儿的气候永远像是冬天！"她闪动着睫毛，拼命地咬嘴唇，想要弄清楚这是不是真实的。然后，一下子，她觉得自己被拥进一个宽阔的、温暖的、熟悉的怀抱里去了。他的声音热烈地、痛楚地、怜惜地、宠爱地在她耳畔响起："傻瓜！你想做什么？做大侠客吗？把你的未婚夫这样轻易地拿去做人情吗？"她把头埋在他的肩里，闻着他外衣上那股熟悉的气息，她又止不住泪如泉涌。她用手环抱住他的腰，再也不管好不好意思，再也不管什么南极北极，再也不管什么洒脱大方，再也不管什么漂亮潇洒，她哭了起来，哭得像个小婴儿，哭得像个小傻瓜。他让她去哭，只是紧紧地抱住她。好一会儿，他才轻轻推开她，用一条大手帕，去擦她的眼睛和她那红红的小鼻头。

　　"你整晚都在哭吗？"他问，"你的眼睛肿得像核桃！喂！"他故作轻快的："无脑小妖怪，你怎么有这么多眼泪？"他在笑，但是，他的喉咙哽塞。

　　她用手揉眼睛想笑，又想哭，她一脸怪相。

　　他在沙发里坐下来，把她拉到自己身边坐下，用胳膊圈着她，他不笑了。他诚恳地、真挚地、责备地、严肃地说："你答应过我，永远不'失踪'，哪怕是几小时！可是，你居然想跑到南极去了！你这样不守信用，你这样残忍，吓得我魂飞魄散，你——"他重重地喘气，瞪视着她，眼眶湿润了，"你这个莫名其妙的傻瓜！你真的是个无脑小妖怪！"

　　"我……我……"她抽噎着说，"我让你们一家团聚的！你……你一直爱她的，不是吗？"

　　他摇头，慢慢地摇头。

　　"我和她那一段情早已经过去了。我告诉过你几千几百次，早已经过去了。你为什么不相信我？"

　　"在医院里，你们三个那样亲热地抱在一起……"她耸耸鼻子，又想哭，"你……你不要顾虑我，我很好，我会支持过去，我不做你们的绊脚石……"

　　"傻东西！"他骂着，"你不知道我爱的是你吗？你不明白我对欣桐只有感情没有爱情了吗？你不知道她爱的也不是我吗？你不知道我们的绊脚石根本不是你？而是我们彼此的个性不合吗？"他顿了顿，深深地凝视她："灵珊，让我清清楚楚地告诉你，我永远不可能和她重修旧好，婚姻不能建筑在同情和怜悯上，而要建筑在爱情上。当我知道她病重垂危时，我在人情上，道义上，感情上，过去的历史上，都要去救她，这种感情是复杂的，但是，绝不是爱情！灵珊，"他皱紧眉头，觉得词不达意，半晌，他才说，"我换一种方式跟你说吧。当你告诉我她病危的时候，我震惊而恐慌。但是，当我听说你出走的时候，我却心碎得要死掉了。"

"哦！"她大喊，扑进他怀里，"鹏飞，你不是骗我，不是安慰我吗？"

"骗你？安慰你？"他低下头去，声音哽塞而浑身战栗，"如果失去你，我真不知道怎样活下去。我想，我不至于自杀，但是，我必然疯狂！"

她抬眼看他，惊喊着："鹏飞，你不可以哭，大男人不能哭的！"她用手抱紧了他的头，大大地震撼而惶恐了，"我再不出走了，永不！永不！我答应你！永不出走了！"

他把面孔藏在她的头发中，泪水浸湿了她的发丝。

一时间，他们两个紧紧地依偎着，紧紧地搂抱着，室内好安静好安静，他们听着彼此的呼吸声，彼此的心跳声，两人都有种失而复得、恍如隔世的感觉。好久好久，灵珊才轻轻地推开他，凝视着他那因流泪而显得狼狈的眼睛，问："你怎么找到我的？"

"哦。"他振作了一下，坐正身子，注视着她，"昨天下午，我正在上班，你母亲打了个电话给我，告诉我你出走了。她把两封信都念给我听了，说实话，我实在不太懂你那个南极度假，无脑妖怪的怪话。可是，我当时就慌得六神无主了。我飞车回台北，在路上，我想，你或者会去医院，于是我先赶到医院，见到你那个北极人……"

"北极人？"她不解地。

"那个邵卓生。"

"邵卓生怎么会在医院里？"

"他前天晚上就去医院了，和你分手之后就去了医院。一直睡在候诊室的椅子上。"

"什么？"灵珊一怔，忽然忍不住，就大笑了起来，一面笑一面说，"我的南极是回家，他的北极是去医院！妙极！妙极！他居然买了火车票去医院！哈哈！"

看到她泪痕未干，竟破涕为笑，韦鹏飞感动而辛酸，呆呆地望着她，他竟出起神来了。

"后来呢？"

"后来，他告诉了我南极北极和那个无脑人的故事……"他停住了，盯着她，"你拒绝和他组织伤心家庭，而要我和欣桐破镜重圆？你知道吗？破镜重圆的结果也是组织伤心家庭！"

她不语，睁大眼睛望着他。

"我和北极人谈了半天，并没有得到你失踪的丝毫线索，欣桐也急了……"

"阿裴？"

"我离开医院的时候，阿裴要我转告你几句话。"

"什么话？"

"她说，捧在你手里的幸福，千万不要转送给别人！因为对别人不一定合适。她说她这一生不会再做傻事了，因为人死过一次，就等于再世为人，不但大彻大悟，而且她上辈子许下的诺言，这辈子应该兑现！"

"上辈子许下的诺言？"她狐疑地。

"她说你会懂！"她沉思着，忽然，她脑中灵光一闪，记起来了，阿裴割腕后，晕倒之前说的最后一句话，"扫帚星，我下辈子嫁你！"会吗？会吗？这就是那诺言吗？有此可能吗？又有什么不可能呢？邵卓生原就优秀而憨厚，是值得任何女人去付托终身的！何况，老天有眼，该给那"北极人"一个好姻缘呵！她心中欢畅而激动，整个面庞都发起光来，她满面光彩地对着韦鹏飞："后来呢？"

"后来我回到你家，谈起你那张去南极的车票，我想，你一定往南部跑，于是，我以台南为中心，到嘉义为半径画一个圆，调查每家旅社，这样，今天凌晨五点多钟，才查出你昨夜住在嘉义的旅社名称，我立即开车到嘉义，你已迁出旅社，但旅社的侍者告诉我……"

"我买了到阿里山的车票。"她轻叹着，又低低叽咕了一句，"幸好没去九笨头！""你说什么？"他听不清楚，"九个什么头？"

"别管它！"她的眼睛清亮如水，"后来呢？"

"后来——你坐上七点四十分的中兴号上山，我乘下午两点的光复号也上了山。""那么，刚刚的电话，你是从旅馆里直接打来的？"

"从你隔壁一间，我订了你隔壁的房间。"

"你怎么总弄得到我隔壁的房子！"她嘟囔着，"你在什么地方买的棉袄？"

"嘉义，我知道你没带衣服！"

"既然知道给我买，怎么不给你自己买一件呢？你瞧！你穿得这么薄……"电话铃蓦然间又响了起来，灵珊惊奇地看着韦鹏飞。

"还有谁会打电话来？"

"你父母的长途电话！"韦鹏飞去接电话，补充地说，"我查到你的房间号码，就打了电话告诉你父母，请他们晚一点打来，先给我们一些谈话的时间！"他拿起电话，对着听筒叫："刘伯母，您放心，一切都好！刘伯伯，什么？……不可能的！铬钒钢是一种合金，根本没办法分开……哦，好的！"他把听筒递给灵珊："你爸爸要和你说话！"

灵珊眨了眨眼睛，挑了挑眉毛，瘪了瘪嘴，面容尴尬，勉强地拿起电话，她心虚地叫了一声："爸？"

"灵珊，"刘思谦恼火地说，"你这个无脑小妖怪把全家搅得天翻地覆，弄得我们提心吊胆！恨不得今晚就嫁掉你！免得伤脑筋！"

"爸爸！"她涨红了脸喊。

"哈哈！"刘思谦笑了，"你放心地在山上玩两天吧，你姐姐会去帮你代课。灵珊，你可真会闹故事啊。以后可不许这样了！"

"爸爸！"泪珠又涌进了她的眼眶。

"等一下！"刘思谦说，"楚楚要和你说话！"

"楚楚！"她的心脏怦然一跳，眼光就求助地看向韦鹏飞。她怕这个孩子，她实在怕这个孩子。韦鹏飞走了过去，用手揽住她的肩，把耳朵也贴在听筒上。

"阿姨！"楚楚那娇娇嫩嫩的声音传了过来，"你到哪里去了？我妈妈说，是我把你气走了！阿姨——"她拉长了声音，软软地说："你不要生气，我也不知道为什么要骂你是妖怪，我……我……我很想你！阿姨！你走了，我才知道我有多想你！"

"楚楚！"她哑声喊，鼻子又不通气了，泪珠在眼眶里打转，"我会——尽早回来！"

"阿姨，我唱一个歌给你听好不好？"

"好。"她怯怯地说，心里又嘀咕起来了，想起她那支"最怕爸爸，娶后娘呀"的儿歌。

可是，楚楚用那童稚的声音，软软地唱起来了。唱的竟是一支久远以前的歌，一支好奇妙好奇妙的歌：

月朦胧，鸟朦胧，点点萤火照夜空。

山朦胧，树朦胧，唧唧秋虫在呢哝。

花朦胧，叶朦胧，晚风轻轻叩帘栊。

灯朦胧，人朦胧，今宵但愿同入梦！

她唱完了，然后，细声细气地说：

"阿姨，你看，我记得你唱的歌！"

灵珊说不出话来了，是一个字也说不出来了。那么久以前哄她睡觉时唱的歌，难得她竟记得！她握着听筒，整个人都呆住了。对方不知何时已经收了线，她仍然握着听筒发怔。韦鹏飞轻轻地从她手中取下听筒，轻轻地放回电话机上。他的手从后面轻轻地环绕过来，轻轻地拥住了她。他们站在那落地长窗前面。窗外，正是月朦胧，鸟朦胧，山朦胧，树朦胧的时候。窗内，却是灯朦胧，人朦胧，你朦胧，我朦胧的一刻了。

他们静静地站着，静静地依偎着，静静地拥着一窗月色，静静地听着鸟语呢哝。人生到了这个境界，言语已经是多余的了——

——全书完——

一九七六年九月二十六日凌晨初稿完稿

一九七六年十月一日晚一度修正

一九七六年十月二十一日再度修正

（京权）图字：01-2024-1733

图书在版编目（CIP）数据

月朦胧鸟朦胧 / 琼瑶著 . -- 北京：作家出版社，2024.10
（琼瑶作品大合集）

ISBN 978-7-5212-2872-4

Ⅰ. ①月…　Ⅱ. ①琼…　Ⅲ. ①长篇小说 – 中国 – 当代
Ⅳ. ①I247.5

中国国家版本馆 CIP 数据核字（2024）第 097250 号

月朦胧鸟朦胧

作　　者：琼　瑶
责任编辑：陈亚利
装帧设计：棱角视觉　纸方程·于文妍
出版发行：作家出版社有限公司
社　　址：北京农展馆南里 10 号　　　　邮　　编：100125
电话传真：86 – 10 – 65067186（发行中心）
　　　　　86 – 10 – 65004079（总编室）
E – mail: zuojia@zuojia. net. cn
http: // www. zuojiachubanshe.com

字　　数：148 千
印　　张：7.25
版　　次：2024 年 10 月第 1 版
印　　次：2024 年 10 月第 1 次印刷
ISBN 978 – 7 – 5212 – 2872 – 4
定　　价：36.00 元

品　琼　瑶　经　典

忆　匆　匆　那　年